小学館文庫

旅だから出逢えた言葉Ⅱ

伊集院 静

小学館

目次

I

II

III

Ⅳ

旅だから出逢えた言葉——I

フランス／パリ、スペイン／バルセロナ

Paris, France & Barcelona, Spain

旅の時間で〝流れる風景〟を見つめる時が一番安堵《あんど》します

鉄道の旅に根強い人気があるのは、さまざまな理由があるのだろうが、私は、あの車窓を流れる風景にあると思っている。

それも、適度なスピードで走る電車に乗って、見ることができる〝流れる風景〟である。

超特急の旅よりも、各駅停車の旅を好む旅人が多いのも、その理由だろう。

いろんな路線を乗り継いで行く電車の旅も、それはそれで楽しいのだろうが、私が好きな電車の旅のひとつに、終着駅までの旅というのがある。

二年前、青森の竜飛崎《たっぴざき》へ旅した折、これが終着駅ですと言われ、そこから先を見たら、駅のプラットホームの少しむこうに小屋のようなものが雪景色の中に見えた。

——そうか、この先は線路がないのだ……。

と妙な感慨を抱いた。

海外で、終着駅までよく乗ったのは、パリのサンラザール駅から、終着駅の、トゥルーヴィル・ドーヴィル駅までの電車だった。

電車が駅に着くと、駅舎のむこうに線路は勿論《もちろん》なく、北の海が見える。

フランス人にとって、南のコートダジュールの、ニース、カンヌ、モナコなどと並んで、北の避暑地として有名なドーヴィルの町である。フランス映画の『男と女』の撮影地もこの町である。

夏なら競馬、ゴルフ、そして何よりカジノがある。パリの一流ブティックも、夏だけ店を出している。しかし私は、この町の冬の風景が好きである。最初に訪れた時が、冬であったこともあるが、避暑地の冬というものは妙に風情があっていいものだ。

だから長く住んだ湘南のホテルにいた時も、冬の寒々とした海景が好きだった。

終着駅と書いたが、終着駅は、そこから電車に乗る人には始発駅でもある。始発駅でよく見かける情景に、若い人が家族に見送られて、都会へ行く、しばしの別れの風景がある。心配そうに娘なり、孫を見つめる家族と、どこか瞳をかがやかせて、都会への夢があふれた若者の表情は対照的である。

一度、乗ってみたい、始発駅、終着駅がある。駅舎もなかなか風情があり、ここを乗り降りした人々の時間、歴史、感情のようなものが駅舎から伝わって来る。スペイン、バルセロナにある〝フランサ駅〟である。

ヨーロッパを一年の半分近く旅をしていた頃、一番よく滞在していたのがパリで、その次がたぶんバルセロナであったろう。ところが、その頃の私の旅は取材をいくつかかかえての旅で、移動はほとんどが飛行機であった。忙しかったのだろう。今思うと、急ぎ過ぎていた旅に思える。

その当時でさえ、フランサ駅の駅舎を見ると、この電車に乗ってパリへ行く旅も、さぞ愉《たの》しいだろうと何度か思った。

二十世紀のはじめ、この電車に乗ってスペインからガウディ、ピカソ、ミロ、ダリ、詩人のロルカたちがパリへ行き、カフェ・ドゥ・マゴやカフェ・ド・フロールで新しい芸術運動に血をたぎらせていた時代があった。

逆にパリからやって来た人たちは、バルセロナのバルや酒場で熱い語らいをした。バルセロナに今もあるカフェ〝クアトロ・ガッツ（四匹の猫）〟がそうである。

シュルレアリスムの波がヨーロッパの各都市の若者に支持をされていた時代だ。

芸術運動の歴史を見ると、都市と都市がつながる時が多々ある。そのふたつの都をつないでいたのは鉄道であり、駅と駅であった。

十数年前、パリとバルセロナが情熱的につながっていた時代の展覧会が、パリとバルセロナで催されたことがあった。二冊の本がその展覧会のために出版され、フランス語版は『パリ、バルセロナ、熱き時代』、もう一冊はスペイン語版で『バルセロナ、パリ、熱き時代』だった。展示物には、〝シュルレアリスム宣言〟をパリでした折の、ミロ、ロルカ、ピカソなどの絵画作品、詩集、芝居の写真に、ふたつの都市で共通に使われた家具、ファッションなどが紹介してあった。芸術家の紹介もそうだが、感心したのはパトロン以外の大勢の人々が、このふたつの都市を往復して過ごすことを愉しんでいた点だった。

おそらく〝オリエント急行〟にも、それに似た人々の熱気があったのだろう。パリとバルセロナの熱い時代は、スペインがフランコ政権の統治になって終焉《しゅうえん》を迎えることになる。

この路線に乗って若き日の画家・ミロがパリへ行った時のことを執筆したことがあった。ミロは憧れの芸術の都、パリへ夢と希望を抱いてシートに座った。彼が見た車窓からの〝流れる風景〟はどんなであっただろうかと想像した。ミロはパリで、すでに画壇デビューをしていたピカソのアトリエを訪ねる。その折、バルセロナの田舎のパイを持って行った。それがいかにも可愛いと言うか、素朴で好きだ。何度かのパリ訪問の後、ミロはフランスに住み、創作活動を続けるが、いつまで経《た》っても絵は売れなかった。ようやく認められるようになった頃、ヨーロッパはナチスドイツの侵攻で、フランスも危険な場所となる。大半の画家がロンドンやアメリカに逃亡するが、ミロは妻と話し合い、誕生したばかりの娘と、鞄《かばん》の中に『星座』シリーズがはじまったばかりの一枚を入れて、故郷バルセロナへ帰る決心をする。すでにフランコ政権から危険人物とされていたミロを救ったのは、幼《おさ》な馴染《なじ》みの帽子屋の息子、プラッツだった。彼はフランサ駅のひとつ前の駅で親友親子を迎え、そこで下車させて命を救った。

そのプラッツの写真が、今もバルセロナのモンジュイックの丘にあるミロ美術館の入口に飾られている。

旅の時間でどんな時が一番好きですか？　と尋ねられると、私はいつもこう答える。

「乗り物に乗って〝流れる風景〟を見つめている時です。その時間が私に安堵を与えてくれます」

そんなことを感じるのは、私一人だけだろうか。

あんなに美しい海は
初めて見ました

——武豊

海岸線を走る汽車、電車の旅には乗客に安堵を与えるところがある。

日本人に限らず、同じことをスコットランドの人から聞いたことがある。どの国でも、汽車、電車が海岸線を走るのは、鉄道創設当初の技術も影響をしているが、大半は、その国の地形がそうさせている。

イギリス、スコットランドなどは、日本と、平地の領域が海岸線にしかない点がきわめてよく似ている。

スコットランドは、今でこそゴルフのリンクスコースが有名だが、このゴルフ熱の発展は、鉄道の開発と大きく関《かかわ》りがあった。当時、都会の人々は、ゴルフバッグをかかえて汽車に乗り、海岸線のリンクスコースにむかったのである。

海岸線を走る電車の美しい風景は日本の各地にある。私が生まれて初めて乗った汽車も、瀬戸内海の素晴らしい展望を窓から眺めることができた。

これまで乗った海岸線を走る電車で、どこが一番良かったか、と記憶をたどると、さまざまな路線が思い出されるが、そのひとつに北海道の日高本線がある。

苫小牧《とまこまい》から襟裳《えりも》岬《みさき》方面にむかう単線路である。

私は、この路線に三度乗った。

最初に乗ったのは、今から三十年近く前の夏であった。

その頃、私は競馬が趣味のひとつで、競走馬の美しい姿を見ていると、なぜか馬券で失ってしまう金も仕方ないか、と思うところがあった。そういう私の話を聞いた競馬記者がいて、その夏、私を、競走馬を生産し、育てている土地へ案内してくれた。

札幌《さっぽろ》から苫小牧を経て日高本線に乗車すると、気持ちもワクワクしたが、それ以上に車窓に海が見えた時の喜びはひとしおであった、喜びはそれだけではなかった。右を見れば夏の陽光にかがやく海原、左に目をやれば、まぶしく光る牧草地に放牧された競走馬がいたからである。

ふたつの牧場に宿泊させてもらった。牧場の人は皆こころやさしく、競走馬を我が子のように思って、ともに暮らしていた。その折、私は牧場の柵に腰かけて馬を見ている何人かの地元の少年、少女を見た。

二度目の訪問は二十年前の初夏で、日高に一時間も滞在できなかったが、日高の海をどうしても見ておきたかった。

私は海にむかって目を閉じ、一人の若者の冥福を祈った。そうすることしかできなかった。

　その若者と初めて出逢《であ》ったのは一九八八年だった。その年に中央競馬界に新人騎手としてデビューした。彼は新人騎手ながら四十四勝を挙げ、天才、武豊騎手の記録には及ばなかったがその年のＪＲＡ賞最優秀新人賞を獲得した。

　その若者を私に紹介してくれたのが、兄弟子の武豊騎手だった。

　京都の小料理屋で逢った時、まだあどけなさが残る顔を見て、これがあの突貫小僧のようなレースをしている騎手なのか、と正直驚いた。

　翌年も大活躍し、夏の札幌競馬で五連続騎乗勝利を挙げ大きな話題となった。一九九一年の暮れ、東京の酒場で、私と妻は武豊騎手に連れられて来た彼と再会した。この年、彼はエリザベス女王杯をリンデンリリーでＧＩ初制覇をしていた。妻の隣りに座った彼が少し嬉《うれ》しそうに妻に言った。

「これ良かったらどうぞ」

　差し出したものはリンデンリリーの勝利記念に関係者がこしらえたテレフォンカードだった。マニアがそれを欲しがるのを私も知っていた。

「そんな大切なものなら悪いからいいわ」

と妻が言うと、彼ははにかんだ顔で言った。

「いいよ。上げるよ。あまり人に見せちゃダメだよ」

帰り道に妻が、

「あんなに澄んだ目をした人をひさしぶりに見たわ」

と気持ち良さそうに言った。

二年後の春、京都競馬場で落馬事故があり、落馬した若者の頭を後続馬の脚が直撃した。二週間後、治療の甲斐《かい》なく亡くなった。

武豊騎手の落胆振りは見ていて切なかった。

その年の夏、武豊騎手は、彼の故郷である北海道様似町《さまにちょう》まで出かけた。まだ墓ができていなかったが、電話のむこうで、彼の、いやあんなに美しい海は初めて見ました、という言葉を聞き、私も少し安堵した。

それから七回忌が終るまで、武騎手は、毎年、墓参に訪れていた。

七年前の夏、私は日高本線に乗った。

小説の取材を兼ねていた。取材の時間を調整して、墓参に行くつもりだった。

初めて様似の町を見た。家族の方が案内して下さった。海を見渡すことのできる丘の上に墓所はあり、夏草が汐風《しおかぜ》に揺れていた。

――そうか、こんなに美しい場所で眠っているのか……。

その時、武豊騎手が、**あんなに美しい海を初めて見た**、と言った言葉が耳の奥で聞こえた。

美しい風景というものは、人のすさみそうなこころに何か救いを与えてくれるものなのだと思った。

帰りの電車で、一度、様似の町と海を振り返ってみた。そこには打ち寄せる波のしぶきと海鳥が飛翔しているだけだったが、なぜか十数年、私の胸の隅にわだかまっていたものが静かに失《う》せて行くような気がした。

川を渡る車輪の音に行く手に目をやると、丘の上を走る競走馬の姿が見えた。

――もしかして三十年前に、あの牧場の柵に座っていた少年の中に、彼がいたのではなかろうか……。

そんな気がした。そうであったなら、やはり彼とは縁があったのだろう。

先月、武豊騎手がジャパンカップをキタサンブラックで勝利した。馬名のキタは馬主の名前から取ったのだろうが、キタという言葉の響きを競馬のことで耳にすると、あの少年の澄んだ目が浮かんだ。

岡潤一郎君、君が妻にプレゼントしてくれた大切なカードは、私の仙台の仕事場にちゃんと飾ってあります。

CAFE DE L'EPOQUE

フランス／アルル

Arles, France

それはまるで
日本美術のようで
一度好きになると
決して飽きない

——ヴィンセント・ヴァン・ゴッホ

若い時に旅に出なさい、と先輩たちがすすめるのは、人が人に何かを教えたり、伝えたりすることには限界があり、夜のつかの間、後輩たちに語って聞かせる人生訓がいかに周到に準備されたものであれ、そこにはおのずと言葉によって伝達する壁がある。

〝百聞は一見にしかず〟とはよく言ったもので、百回、エジプトのギザのピラミッドの大きさを聞くより、一回、本物を目にすればすべてがわかるのである。

しかも若い時には目で見たもの、感じたもの……すべての物事を吸収する力があり、まだやわらかい脳と精神が目の前にあるものの本質を見極めようとする。

同じ旅でも或《あ》る程度年齢を重ね、判断力が培われていると、それが邪魔をして、実はそこにかすかに見えている新鮮なものを見逃すことがある。

だから本書の読者の年齢を想定して言わせてもらえれば、物事の分別がついている年齢での旅はよくよく旅ごころをニュートラルにしておかねばならないということだろう。

四十数年前、私が田舎から進学のため上京することが決まり、進学の準備、進路の選択をしようとする折、母が私に言った一言が、この頃になって重い意味を持っていたのだと思うことがある。

「あなたはこの家の跡取りだから学業をおさめた後は故郷に戻ってお父さんの仕事をいつか継ぐようになるでしょうから、せめて大学の四年間くらいは好きなことをした方がいいんじゃないかしら」

その言葉を耳にして私は少し驚いた。

父の事業を継ぐために経済学や経営学を学ぶのが当然と思っていたからだ。

「好きなことって？」

「だから大学の四年間でしかできないこと。好きな絵画でも、音楽でも、他に学問はいろいろあるんじゃない。植物の勉強なんか面白そうじゃないの。いろんなものを見知った方が楽しいと思うわ」

私は好きだった絵画を学ぶべく、隣町にデッサンを習いに行ったが、高校三年の夏に上京し、当時の後楽園球場で満員の球場のカクテル光線の中に立った長嶋茂雄を見て、野球をもう一度やろうと決心する。

今でも、あの時、母の言う、他の学問に出逢っていれば人生は違うかたちになっていたかもしれないと思う。

そのかわり私は旅を他の人より多くしてきた。いろんなものを見知った方が楽しいと思うわ、という母の言葉に従ったような気がする。その考えは作家となり四十歳の後半を迎えて、海外に出かけて何かを見ようと決めた折、小説とは直接関係のない絵画を巡る旅にしたことにもたぶんに影響を与えた気がする。

十年余りの絵画の旅では多くのことを学んだ。

海外に出かけて人が思うことは、ひとつはこんな国、こんな風習、こんな考えの人々がいたのかという発見と、もうひとつ自分の国はこの国々と比べてどうなのだろうと、自分の国へ目がむき、意外な発見があるということである。それは同時に自分自身に目をむけ、自分を考える機会を持つことになる。

ゴッホを巡る旅で南フランスのアルルを訪れたのは二〇〇一年の春の初めだった。

その季節を選んだのはゴッホがゴーギャンと再会し、二人しての創作活動を夢見て、この地方に降り立ったのが一八八八年の二月であったからだ。

ゴッホが着いた日、アルル地方は雪に見舞われていた。

ゴッホは弟のテオへの手紙でも、この地方に冬期、吹き荒れる季節風（ミストラル）がいかに厳しいものかを書いている。しかしそんな寒さに自分の創作意欲は負けないほどこころが昂揚《こうよう》しているとも記している。

画家という人々はすべからくそうらしいが、苦難を前にしても自身に情熱がたぎっていれば障害など何ともないらしい。

私たちがゴッホの作品に魅せられるのはやはりあの色彩の鮮烈さとゴッホにしかない筆致・タッチであろう。

ゴッホほど真っ直ぐ、誠実に描く対象にむき合った画家は珍しい。しかも純粋すぎるほどの姿勢が微笑《ほほえ》ましくもある。

このアルルの旅で私は作品が描かれた跳ね橋やカフェー、星空、ローヌ川を見て歩いたが、もうひとつ注意深く見ていたものがある。

それは日本の風景と似たものだった。

弟、テオに出したゴッホの五月の或る日の手紙の最後にこういう一行があった。

〝ここの自然がいつまでも好きなことは今後も変わるまい、**それはまるで日本美術のようで、一度好きになると決して飽きない**〟

ゴッホは南フランスのこの地に彼が浮世絵で見知った日本的美観を見つけていた。

それが具体的にどこなのかは手紙には記されていない。それでも画家が見知らぬ東洋の国への憧憬を抱いて創作していたことは嬉しいものだった。

ゴッホはややもすれば精神を病んだことが取り上げられがちだが、希望と情熱に燃えてキャンバスにむかっていた時間の方が画家としての人生の大半である。しかも日本を愛してくれていたことが私には喜ばしかった。

その旅で日本らしい風景には出逢えなかったが、仰いだ星空はまことに美しかった。

神奈川／湘南、逗子、鎌倉
Shonan, Zushi & Kamakura, Kanagawa

急ぐことはありません。
悠々としていればいいんです。
そういう仕事もあります

――なぎさホテルのI支配人

秋の初め、夏の気配がまだ残る湘南海岸、早朝からカーン、カーンと乾いた音を聞くことがあった。私はその音色を聞くと思った。

——夏が去って行くんだ……。

その音は夏から秋まで海岸に建つ、海の家を解体する作業の音だった。海岸一帯からは夏の喧噪《けんそう》はすでに失せていたが、週末、海にやってくる人のために何軒かの家が店をたたまずにいた。そんな夏の終りの海景には妙な哀愁が漂っていた。

私は目を覚まし、部屋の窓を開け、海を眺めた。逗子の海がぼんやりと目の前にあり、水平線の上方には積乱雲にかわってウロコ雲がひろがっていた。前夜、鎌倉の小町界隈《かいわい》で痛飲した酒が残り、頭が朦朧《もうろう》としていた。

私は二十歳代の終りでまだ若く、定職に就くこともできず、友人たちに借金をくりかえして暮らしていた。

寝ぼけ眼《まなこ》で部屋を出て階下に行くと、I支配人がニコニコ笑って私にうなずいた。私はぺこりと頭を下げ、芝の庭のテーブルに座った。海風が二日酔の身体に吹き寄せた。「どうぞ」と声がして、I支配人が濃いコーヒーをふたつ載せたトレイを手に隣りに腰を下ろした。「昨夜は美味《うま》い酒でしたか？」「は、はい……。また飲んでしまって……」私は恐縮しながらコーヒーを口にしていた。

二十歳代のなかばに生活が破綻し（すべての原因は私にあったのだが）、東京を去ろうと決心し、その前に一度、上京して十年余り見ていなかった関東の海を見てからどこかに行こうと湘南海岸に来た。金がなく、宿泊したのは一泊千五百円の葉山の薄汚れたラブホテルだった。金もつきてトランクを手に海岸を歩いている時に出逢ったのがI支配人だった。昼間から海でビールを飲んでいると声をかけられた。「昼の海の風でやるビールは美味いでしょう」老人は穏やかな笑顔で言った。老人は昔、船乗りで海でやるビールの味が格別だと思い出話をしてくれた。その人柄に甘えて私は訊《き》いた。「どこかに安い宿はありませんか」老人は背後を指さし、「ここはどうです。これでもホテルなんです」振りむくと、そこに木造建ての古い洋館があった。

逗子なぎさホテル。老人はホテルの支配人だった。私は事情を打ち明けた。I支配人はこともなげに言った。「ある時に払って貰《もら》えればいいですよ。ともかく居なさい」

その日から七年余り、ホテルが売却されるまでI支配人は、我儘《わがまま》で、いい加減な若者を黙って面倒をみて下さった。最初の数年はほとんどの宿賃が払えなかった。その度に頭を下げると「出世払いでいいんですよ。いや出世なんてしなくってもいいんです。それよりそんなに男が頭を下げてはいけません」とただ笑って言われた。副支配人のY女史をはじめとする従業員の皆に大事にして貰った。

当時の私は昼間は部屋で本を読み、夕刻になると鎌倉や横須賀の酒場を徘徊《はいかい》し、どうしようもない若者だった。一度、小説誌の新人賞応募に作品を送ったが選評で酷評され、腹が立ってやめてしまった。自分がこの先どう生きていいのかまるでわからなかった。羅針盤のない舟がただださまよって、犬のように呑《の》んだくれていた。

夜半、ホテルに戻ると、当直でI支配人が一人ロビーのソファーに腰を下ろし、夜の海を眺めながらウィスキーをやっているところにでくわしたりした。

「お帰りなさい。もう少し飲めますか」二人して飲む夜があった。戦前から南洋航路の客船に乗っていたI支配人は懐かしそうに思い出話をして下さった。そんな折に、私が今の自分の不甲斐《ふがい》なさを打ち明けると、ちいさく笑って言われた。

「上手く行かないのが私たちの暮らしですよ。**なあに急ぐことはありません。悠々としていればいいんです。そういう仕事も世の中にはあるはずです**」

I支配人にそう言われると平気でいることができた。一度だけ、その落選した短篇小説をI支配人に読んで貰った。

「いいじゃありませんか。私は好きです。大丈夫です。ゆっくりやりなさい」誉《ほ》められることがなかった若者にとっては正直、嬉しかった。

今夏、関西方面を旅した時、知人のお孫さんから、その短篇を読んで面白かったと感想を言われた。知人は、孫は以前から君に逢いたいと望んでいたんだと言われ、私はそういう人間ではないんだが、と思いながら、その少年の目がひどく澄んでいるのにどぎまぎした。

帰京する電車の中で車窓に映る積乱雲を見ていて、今年も海には行けなかったと思っていると、I支配人の澄んだ瞳がよみがえってきた。

I支配人が亡くなって二十年近くになる。

――どうしてI支配人は私にあんなに親切にしてくれたのだろうか。

今考えると、あの七年余りの日々は夢の出来事のように思える。あれも旅だったのかもしれないが、海のものとも山のものともわからない若者をただ笑って面倒を見て、励まして下さった生き方にただただ感謝の気持ちが増すだけである。

I支配人へ、私はただ歳《とし》を取っただけで、あの頃と同じで相変わらず呑んだくれています。

スペイン／マラガ、バルセロナ、フランス／アンティーブ
Málaga, Barcelona, Spain & Antibes, France

芸術とは我々に
真理を悟らせてくれる
嘘《うそ》である

――パブロ・ピカソ

海外へ何度か旅に出かけたことのある人なら、その思い出、旅の記憶がよみがえる時に何が一番印象に残ったかと考えてみると、やはり旅人の五感に触れたものであろう。

食することが好きな人なら、あの街の、あのちいさなレストランで食べたブイヤベースが、いやバスク料理が……となるだろうし、音色に敏感な人は早朝のコモ湖畔のホテルの部屋から聞いた対岸の教会の鐘の音が湖水を滑るようにして届いた瞬間を忘れない……となるかもしれない。

私の場合は目で眺めた風景が一番印象に残る。その中でも、南フランスのアンティーブという街にある、ピカソ美術館の窓から眺めた地中海の風景は素晴らしいものだった。

アンティーブのピカソ美術館には画家の生涯の中で重要な作品が展示してある。同時に絵画以外の彫刻、モニュメント、陶器などが多くある。これは画家がアンティーブから少し山に入ったちいさな村にアトリエを持って過ごしていたことが影響している。

充実した展示作品もそうだが、この美術館のその立地条件と建物の造りがそのまま地中海の美しさと同化している点に素晴らしさがある。

天気の良い午後に、この美術館の中庭でゆっくりと時間を過ごせたことは私の旅の記憶の中でも上等な部類に入る。

私はこれまでピカソについて何かを書くことはほとんどなかった。その理由は画家のエネルギーに圧倒されたことと、私の好きな同じカタルーニャ出身のミロに比べると、どこかセンセーショナルなところがピカソには多過ぎるように映り、そこがピカソに素直に入り込めない理由だった。

今年の初め、私は仕事場の大掃除をしていて一冊の旅のノートを見つけた。それは美術館を巡る旅で出かけた先を自分で描いた地図の中に記入したものだった。

そこにピカソに関するページがあり、彼の作品が展示してある美術館を見直した。ピカソの作品がもっとも多いのはパリのマレ地区にあるピカソ美術館である。これはフランス政府が建てたもので、ピカソが何たるかが展示の順番どおりに鑑賞していくと自然に理解できるというすぐれた美術館だ。

その他のピカソの美術館を見ると、バルセロナの美術館、南フランスのアンティーブにある美術館、そしてスペイン南部のマラガにも何やら記入があるが、これはピカソの誕生した土地というだけで、生家が残ってはいるがたいしたものではない。しかし、拙い私の描いた地図の中のこの三ヶ所を眺めているうちに、――ピカソの根底にあるものはやはり地中海と、そして女性（母性でもいいが）への情熱では……。

と思いはじめた。

それであらたまって旅の中に残るピカソの印象を思い起こしてみた。

ピカソを知る手がかりになる場所は、彼が自ら語っているように、私はカタルーニャ人だ、というバルセロナである。

ここにピカソが唯一美術館設立を許可したピカソ美術館があり、画家の幼少期、少年期、画学生時代から画家としての出発点、転換期までの作品がある。美術研究家なら〝青の時代〟の作品に着目するだろうが、一般の鑑賞者は、やはり画家の少年期、たとえば八歳の時に描いた裸の男のデッサンなどに驚嘆してしまう。画学生時代のデッサン、油彩作品を見ると、ピカソが若くして天才と呼ばれた所以《ゆえん》がわかる気がする。

この美術館の三、四階の窓から見下ろした中庭の眺めが良い。何やら中世に帰った気持ちがすると評判である。

美術教師であった父親が幼い息子の描いた絵を見て、自分が絵を描くことをやめたという逸話は少し出来過ぎであり、品のあるエピソードではないが、若くして評価されたピカソもすぐに成功したわけではない。〝青の時代〟と呼ばれる苦悩や葛藤を、沈んだ青色で表現せざるを得なかった。そうしてパリへ行き、貧乏な暮しの中でスケッチ帳を片手に若者はパリの街を歩き回り、人間を描いた。

ピカソには風景画というものは初期に何点かあるだけで、あとはすべて人間もしくは画家が興味をかき立てられた事象、事件である。

——ピカソは彼の情熱がむかうものを描いた。

とも言える。

それが人間（特に女性だが）、事件であれ、いったんとりつかれると夢中になった。その結果、生涯で三万九千点……におよぶ作品を世に残すことになる。

マラガ～バルセロナ～アンティーブを線でつないでみると、ピカソは地中海と女性（母性でもよい）が彼を常に情熱的にしたのではないかと思った。

ピカソは変容の画家と呼ばれる。時代〳〵で、青、バラ色、キュビスム、新古典主義、シュルレアリスム……と作品も精神も変容させた。それでも『アヴィニョンの娘たち』『生きる喜び』『牧神パンの笛』などはすべて地中海もしくはその先のアフリカ大陸からの影響がある。

ピカソは故郷はカタルーニャと語ったが、私にはピカソの故郷は地中海とその母性にあるのではと思う。

ピカソのことをセンセーショナルと書いたが、実際画家も、**芸術とは我々に真理を悟らせてくれる嘘である**、と平然と語っている。こういうところがピカソを他の画家と劃《かく》してしまうのだろう。

しかしそんなことも忘れてしまうほど、アンティーブからの眺めは美しい。ぜひ一度ご覧あれ。

夕陽《ゆうひ》が綺麗《きれい》な町です

――山崎まさよし

家族に病いの人がいるのは辛《つら》いものであるが、ましてや重い病いで、余命などを医師から告げられていると、それは気がかりどころではない。日々の暮らしの中で何かの折に、その人のことを思わざるを得ない。

病気でなくとも何かにつけてその人のことを思うのが、私は家族の在り方だと思うし、家族でなくとも親友と呼べる友を持っているなら、相手のことは何か事あると浮かんでくるものだ。

去年（二〇一二年）、私は同郷に暮らすOのことを何かにつけて思った。二年前の晩秋、Oから電話が入った時、ひどいダミ声であった。

「どうした？　風邪を引いたか」

「いや肺癌《はいがん》だ」

「……肺癌は声は関係ないだろう。食道じゃないのか」

「いやもう転移していて声がこうなっているらしい。あと三ヶ月と言われた」

――本当か。なぜ早く言わないんだ？

そう思ったが、私たちの会話はその種のものを避ける雰囲気で四十数年間続いていた。

「それで何か思い残すことはないのか」

「思い残すことだらけだ」

「何かできることはあるか」

「そうだな。まず泣いたり、わめく周りを静かにさせる方法を教えてくれ」

「それは私にはわからない。そうさせておけばいい。泣いてわめいて済むんだからよ」

「おう、そうだな。泣け、わめけと言おう」

「他には何かできることはないか」

「そうだな、むこうに行く前におまえの本を一冊作らせてくれ」

「……わかった。何とかしよう。小説はできないぞ」

「わかっている」

Oは私の故郷で中国地方で一、二の規模の印刷会社を経営していた。Oの父親から受け継いだ三代目である。

Oの父親に私の父は世話になった。故郷では有志で商工会議所の会頭を長くした人で、分けへだてなく人に接する人物だった。半島から移り住んだ父にもやさしく接してくれた。だから息子のOが高校の同級生にいると父がわかった時、失礼がないようにつき合えと言われた。高校時代はOは音楽部と山岳部にいたので野球部にいた私はほとんど接触がなかった。上京し、私が野球を退《や》め、父と諍《いさか》い仕送りが止められた頃に知り合った。金のなかった私は（アルバイトをして学費も出していたが大半は競馬や麻雀で失せていた）Oの下宿に転り込んだ。鷹揚《おうよう》な性格のOは快く私を住まわせてくれて六畳一間に二人で暮らした。写真部に入っていたOが夏合宿でいなくなるとOが父親から買ってもらって大切にしていたトランペットを質屋に入れて競馬場に行き、それを黙っていてOを怒らせたこともあった。それでもOは本気で怒ることはなかった。やさしい若者だった。

やがて故郷に帰り、父親の跡を継ぎ、同じように父親がつとめた役職も引き受けた。故郷の観光協会の責任者もしていた。

「おい何かこの町がパッと明るくなるアイデアはないか。あれば教えろ」

「そこに何もないから私は出て来たんだ」

歌手の山崎まさよしさんに逢ったのは去年の夏のことだった。

素敵なインタビュアーのK女史の紹介で知り、小説誌で対談をした。なぜ山崎さんかというと、私と彼は故郷が同じだったからであるが、もうひとつ彼に逢ってみたいと思った理由があった。山崎さんは若い時に沖仲士《おきなかし》（港湾での荷役の仕事）のアルバイトをしながら音楽を作っていたという。しかもそのアルバイト先が、私の父もかつてそこで沖仲士をしていた会社だった。私も〇の下宿を出てからは横浜で長く沖仲士をしていた。父がしたことを自分も経験しようと思ったのかもしれない。

山崎さんが素晴らしいアーチストというのは聞き知っていたが、まさか沖仲士をと驚いた。それでどんな人か興味を持った。

逢ってみると、シャイで繊細な方で、一目で人柄の良さ、真っ直ぐな性格の持ち主だとわかった。

——やはりな。だからああいう歌を作れるんだ。

私とはえらい違いだと感心をしたが、若くてきちんとした人に逢った時のあの独特の安堵を何度も感じた。

その対談の折、かたわらにいた編集者の一人が、山崎さん、お二人の故郷はどんな所でしょうか、と訊いた。私もこれまで何度も同じ質問をされ上手く応えられなかった。

山崎さんは少し考えてから言った。

「夕陽の綺麗な町です」

私は、思わず息を飲んだ。どうしてあんなに何度も見ていた夕陽に気付かなかったのだと思った。たしかに夕陽が美しい町だ。

Oは私の本の出版に奮闘してくれた。そのせいでもないだろうが余命三ヶ月が一年以上延びてくれた。

『贈る言葉』(集英社刊)というタイトルで酒造メーカーが毎年、成人式と新社会人に送る新聞広告への文章の十二年分をまとめたものだ。なかなかの仕上りで、Oは地元の新聞社のインタビューまで受けるほど元気な時期もあった。

ワイン好きのOに私は仙台にあるまともなワインをすべて送った。

「おい、暮れに戻ったら二人で乾杯しようぜ」

「いいからそんなもの今夜飲んでしまえ」

毎年、私は大晦日《おおみそか》に帰省する。母に挨拶をするためだ。三十年以上欠かしていない。

「早く戻られると噂《うわさ》を聞きましたが」

Oの奥さんから電話が入り、それはないと応えながら、具合が良くないのだろうと思った。医師の治療も大晦日に元気になるように治療を合わせているとも伝え聞いた。

明日、帰省という前夜、Oの奥さんと義兄から電話の着信があった。

「そうか、先に行ったか……」

大晦日に死顔を見た。密葬なので通夜も早々に引き揚げた。それが逆に安堵を得た。

年が明けて、山崎さんの〝One more time, One more chance〟を聴いていて、〝いつでも捜してしまう どっかに君の笑顔を 急行待ちの踏切あたり こんなとこにいるはずもないのに〟というフレーズを耳にし、屈託のないOの笑顔がよみがえった。

その時、私はOに、山崎さんの言葉を伝えただろうかと考えた。

「何かこの町がパッとするものはないか」

「夕陽が綺麗な町です」

それを伝えたかどうかが思い出せない。

アメリカ合衆国／ロスアンゼルス
Los Angeles, U.S.A.

旅は読書と似ている

旅に出て、訪れた土地のその時の天候は訪問地の印象をずいぶんと変えるものだ。以前、美しい棚田が見たくてバリ島を訪れたことがあったが、到着した日に季節外れの嵐が近づいていて、三日間の日程をずっと嵐の中で過ごし、田園風景を見学するどころかバンガローに叩《たた》きつける雨と風を眺めて過ごした。ニューヨークにメジャーリーグの開幕戦を見に出かけて思わぬ雪に白いフィールドでのゲームを見ていたこともある。

その美術館を以前訪ねた時もひどい嵐で自然光による絵画鑑賞が売り物のひとつであったが、薄暗い照明で見たゴッホの作品はどこか影を落した印象が残った。それで今回は仕事の合い間にゴッホの作品に再会に出かけた。

ロスアンゼルスのゲティセンターにあるゴッホの『ＩＲＩＳＥＳ』（菖蒲《あやめ》）である。

やはり思ったとおり明るくて色あざやかな作品だった。一八八九年の制作だから画家の精神状態に良い期間と悪い期間が交錯した時期だが、美しい菖蒲はゴッホの体調が良い時だったのだ、と鑑賞していて安堵を抱いた。

ゲティセンターは一九九七年のオープンとまだ新しい美術館だから、この時代にゴッホの作品を収集するには大変な苦労があっただろう。美術館の創設者のJ・ポール・ゲティは石油の採掘で財をなした人で大富豪となり、その財産でこの美術館を建てた。同じ米国では銀軟膏《なんこう》の生産、販売で財をなしたアルバート・C・バーンズの創設したバーンズコレクションが有名である。

新しく創設した美術館は従来のものと違う斬新な特徴を持つものが多い。ゲティセンターの場合はまず立地条件が素晴らしい。サンタモニカの海を見渡せるサンタモニカ・マウンテンの中腹に三百ヘクタールの美術館の土地がある。最初に旅先の天候のことを書いたのは、今回、この丘からの眺望に息を飲んだからだ。前回は強風のため外の景色は見ることができなかった。これまで多くの海外の美術館を訪ねたが、美しい眺望も愉しめる点では世界でも有数だろう。勿論、印象派のモネ（『ルーアン大聖堂』『積み藁《わら》』）、ルノアール、ピサロ、シスレーなども価値ある作品を常設展示しているし、ターナー、ゴヤもある。それにムンクの『星月夜』も見ることができる。

この日はエキジビションでギュスタープ・クリムトの素描展を開催していた。世界に点在するクリムトの素描画を百点以上集めての展覧会で、『接吻《せっぷん》』をはじめとする名作の下地となった素描を解り易く展示してあった。いやはやクリムトの素描の線の美しさに感心した。ドラクロア、ピカソの若い時のデッサン力がたいしたものだと思っていたがクリムトは彼等に並ぶ。オーストリア出身のこの世紀末の画家に日本画の影響が色濃くあったのも知った。帰りにゴッホをもう一度見直し、出口でクリムトの大きな画集を迷った末に買ったのだが重くて閉口した。

ロスアンゼルスは二十歳代の時、何度も撮影で訪れた。日本でちょっとした〝アメリカ西海岸ブーム〟が起こり、若い日本人旅行者が大勢出かけた頃だ。〝夢のカリフォルニア〟という歌が流行していた。撮影の仕事の合い間に〝リトルトーキョー〟と呼ばれるアメリカに移民した日本人たちがつくった街を歩き、現地発行の日本語の新聞を読んで、移民たちの慕う母国、日本と第二次大戦中の彼等の苦難を知った。その折、聞き知ったことが三十年後、自分の小説の骨子になったのだから若い時の旅は何であれ一人で歩き自分の目で見ることが肝心なのだろう。

旅は読書と似ているところがあり、初めて読んだ時はその本に書かれてあることが明確に見えないが年を隔てて読み返すと、思わぬ発見があるものだ。人生の経験（失敗でもいいが）を積まないと見えないものは世の中にたくさんある。そう考えると若い時に見過ごしているものがいかに多いかがわかる。しかし若い時にしか見えないものがあるのも事実である。私が折につけ若い人に旅をすすめるのは人間形成に旅はかなり上質な授業だと信じているからだ。とはいえそれも当人の気持ちが大切で、遊んでばかりの旅ではむこうから真価のあるものはやって来ない。

ロスアンゼルスは夕暮れが美しい街である。

今回は珍しく初めての人と食事をする機会が二度あり、一度は二人の子供が同席した。私は子供との食事、会話が苦手で日本で子供と席を同じくすることはまずない。子供は騒ぐ生きものだからだ。

ところがやって来た兄弟は二人とも行儀が良かった。日本からアメリカに移り、きちんと仕事をしている夫婦だから両親も子供を週末には日本語学校に通わせている。厳しく躾《しつけ》をしているのだろう。二度目は日系の一世の青年が席の近くになった。礼儀正しい。

「君は行儀がいいけどご両親に躾《しつ》けられたのですか?」

「両親もそうですが、祖父母に教わりました」

「そう、それはいい。昔の人は厳しいから」

「はい。でも祖父母がいたのでこうして美味《おい》しい食事もできます」

平然とそう口にできる日本人の青年が、今、日本にどれほどいるのだろうか。

東京／池袋、埼玉／志木

Ikebukuro, Tokyo & Shiki, Saitama

歴史を学ぶことは自分を学ぶことですから

――野口定男先生

人間が若い時に何かを学ぶということは、たとえその期間が、その人の人生の中のほんのひとときであったにせよ、教える人の誠実な姿勢と、学ぶ者に素直な姿勢があれば、長い歳月が過ぎ去った後でも、その教えは学んだ者の胸の中に刻まれ消えることがない。

若い人に学問（仕事、物事と言い換えてもいい）を教える行為と、それを教わろうとする若い人の向学心（探求心、志しでもいい）の間にあるものは、私たちが生涯で経験するものの中で、かなり上等なものだと私は思う。

今月、何やら回りくどい言い方ではじめたのは、〝学び〟という行為の崇高さのようなものを、この春あらためて考えさせられたからである。

私が、その先生に初めて逢ったのは、十八歳の春の午後であった。

私は上京したばかりで、大学の文学部の授業に出席し、その教壇に先生は大きな身体を少しちいさくするように立たれて、私たち学生に背中を見せ、黒板に〝探求〟というふた文字を書かれた。そうして一言言われた。

「これから皆さんが、この学舎でなすべきことは〝探求〟です。人間が何をして来たか、人間が何を考えて来たかを識《し》ることが、皆さんは何であるかを識ることになります」

教室に響き渡る声は、若い私の背筋をただした。最初の授業はカリキュラムの説明で終った。授業が終ると、突然、私は名前を呼ばれた。私は驚いて先生を見た。

——学生部長の教授がどうして自分の名前を知っているんだ？

その時、私は手元のカリキュラム要項を見直し、教授の名前が野球部の顧問に記されていたのを思い出した。

「文学が好きなのですか？」

「は、はい」

「何を学びたいのですか」

「日本文学と中国文学を学びたいと思います」

「中国文学は何を？」

「論語です。孔子を……」

その時、正直、私には中国文学の知識など何もなかった。

「そうですか。孔子もいいですが、司馬遷、史記はぜひ学びなさい。歴史を学ぶことは自分を学ぶことですから」

「はい……」

そうしてカリキュラムの要項の中から選択するいくつかのゼミに印をつけて下さった。

それが野口定男先生との初めての出逢いだった。


大学の野球部での練習は高校生の時とは質と量が違っていた。

練習時間の関係で、私は午前中の授業しか受けられなかった。

実際、授業中は居眠りをしてばかりだったし、腹が減ってしかたなかった。そんな態度の私だったが、野口先生は何かと私に助言を下さり、声を掛けてもらった。

キャンパスの授業に慣れた頃、その当時、どこの大学でもそうだったが、学生運動に私の大学も巻き込まれた。

授業のボイコットを呼びかける学生が増え、他の大学からやって来た応援の学生たちと大学の学舎をロックアウトするようになった。法学部、経済学部が特に盛んだったが、文学部にも、その波は押し寄せた。

その時、ロックアウトを主張する学生との対話を独りで受けて立ったのが野口先生だった。

私は一度、その対話を聞きに行った。学生側の怒声と、ヤジの声の中で、野口先生は、

「学舎の中で、イデオロギーの偏りはあってはならない。ロックアウトをすれば、君たちにも私たちにも、一番大切な自由が、探求心の自由が失なわれます」

と声を枯らしながら訴えていらした。

そうした粘り強い交渉もあってか、ロックアウトは短期間で終了した。

その年の冬、埼玉の志木にあった寮での野球部の納会に先生は見えた。納会が終ると、私は呼ばれ、先生と少し話をした。

「卒業したら君はどうするのですか」

その頃、野球部員でプロ野球に入る者以外の大半はノンプロ野球部がある企業に入っていた。

「……」

私は何と答えてよいかわからなかった。

「いいですか、人生は野球をやめてからの方が長いんですからね。そのためにも学

ぶべきことは今の間に学んでおくのです」

「は、はい」

その一年後、私は身体を故障し野球部を退部した。父親との確執が生じ、仕送りが止まり、アルバイトをしながら生活費、学費を出し、卒業に必要な単位もほとんどレポートで取得し、大学を卒業した。野球部を退部したため、野口先生の下へも顔を出し辛くなっていた。それでも、時折、先生の眼鏡越しに光るやさしい眼差《まなざ》しを思い出すことがあった。司馬遷の苦悶《くもん》の生涯を熱く語る声が耳の底にした。

〝**歴史を学ぶことは自分を学ぶことです**〟

その言葉がどういう意味か理解できないまま歳月が過ぎた。

野口先生の訃報を知ったのは三十数年前、新聞紙上だった。

年明け野球部の同期のYから連絡があった。

「おい、野口先生を覚えているか」

「中国文学の野口定男先生のことか」

「そうだ。野球部の顧問の野口先生だ。そう言えばおまえは文学部だったな」

「ああ、授業も受けた。その先生がどうしたんだ」

「実は先生が昔書かれた本を復刻して出版しようという話があって、おまえに一言推薦の言葉をもらえないかと出版社が言ってきた」

「……そうか。私で良ければ喜んで」

「済まんな。頼み事ばかりで」

「そんなことはない。私にとって嬉しいことだ。ぜひと伝えてくれ」

『菜根譚《さいこんたん》』という中国の古典がある。明代末期の、三百五十余条からなる人生の処世訓を説いた書物で、作者は洪応明。日本では江戸時代に伝わり、以来、実業家、政治家に愛読する人が多い。菜根は堅くて筋が多い植物だが、これをよく噛《か》みしめれば真の味がわかる、という由来で人生訓が語られている。

『世俗の価値を超えて—菜根譚』野口定男著（鉄筆文庫）。

野口先生は勉学旺盛な時にこの書を出された。読んでみて、先生らしい話だと思った。

私に執筆の依頼を仲立ちしたYも、巨人軍にドラフト一位で入団が決定し、その報告をしに行った時に「野球をやめてからの人生の方が長いのですから学舎で学んだことを忘れないように」と先生から言われたそうだ。

先生らしいと思った。今、この歳になって先生の言葉の意味がわかりはじめた。おそらく延べにして三十時間も先生の講義を聞いた時間はなかったろう。しかしその出逢いが私のこの先の生き方に大きな示唆と道標《みちしるべ》を与えてくれている。有難うございました、と今は声を大にして申し上げたい。

アメリカ合衆国／カリフォルニア・ナパバレー、モントレー半島

Napa Valley & Monterey, Califotrnia, U.S.A.

ワインとゴルフと宝島

――ナパバレーを共に旅した友人

旅の思い出として、長くこころに残り続けるものとはどんなものだろうか。

一番は素晴らしい人と出逢うことであろう。しかしこの遭遇には、相手があることだし、出逢う方もその折の、その人の生きる姿勢や、人生の在り方に影響されるので、話の外に置くとしよう。

私の体験から言わせてもらうと、いつまでも色褪《いろあ》せずに記憶にとどまっているものは、シンプルなもののように思える。

シンプルとは、一言で語れるものだ。

「美しかった」

「大きかった」

「いや寒かった（逆でもいい）」

「美味しかった」

「清らかな音色だった」

これらの感想はすべて、私たちの五感で知覚したものだ。

エジプトのギザのピラミッドがすぐに浮かぶのは、真下に立った時、驚いたからだ。

「いや、これは大きい。こんなものを人が石を運んでよくこしらえたものだ。いや本当に大きい……」

ケニアのマサイマラ動物保護区ならロッジから眺めたアフリカの大地の夜明けの風景である。

「あれほど空にさまざまな色彩があるとは思わなかった。地球はこんなに美しい星だったんだ……」

ハワイ島のマウナケア山の頂上付近で仰ぎ見た天の河の星々。

「夜空にあんな多くの星があるとは思わなかった。それにしても寒かったなあ……」

スペインのモンセラットの山頂で聴いた少年聖歌隊の音色。

「あれは神の音色だった……」

さまざまな五感の中で、旅人が意外と印象深く記憶しているものに飲食がある。

私は美食家ではないし、個人的には、食にこだわることを卑しいと思っている。

しかし美味しいものは、口惜しいが、よく覚えている。

カリフォルニアにモントレー半島という美しい岬がある。

これまで私はこの半島を五度訪れた。

旅の目的はペブルビーチ・ゴルフリンクスという素晴らしいゴルフコースがあり、そこでラウンドすることだった。

毎回、ゴルフばかりでは情緒がないというので、サンフランシスコから車で北東に走り、ナパバレーなる谷間の村々を訪ねた。

今はすっかり世界的にも有名になったワインの産地である。

さしてワイン好きではないが、ナパバレーにもゴルフコースがあると誘われ、友人につき合った。

シャルドネゴルフの〝ザ・クラブ・シェイクスピア〟というコースはワイン畑の間を各ホールが巡っていて楽しかった。

その日はゴルフを早目に終えて、ワイナリーの見学に出かけた。ワイン好きの友人の目はかがやいていた。

私は昼間の酒は飲まないので、一人外に出てワイン畑を眺めていた。

――最初に、ここに葡萄《ぶどう》の苗木を植え、育てた先駆者はさぞ大変だっただろう……

と思った。

その苦労話を何年か前に本で読んでいた。

物事は何でもそうだが、最初に、それをはじめた人の勇気、精神力、忍耐強さに感心する。畑にストーブを出して焚《た》いていた時もあったというから苗木は、その人にとって我が子のような存在に違いない。

満足そうな顔をしてやってきた友が言った。

「よくつき合ってくれたんで、今夕は美味しいものをご馳走《ちそう》しよう」

かく言われて案内されたレストランは、今流行のカジュアルなフレンチだったが、これが予期せぬほど美味であった。

「上等なワインは上等な料理があって活きるんだ。世界中のワインの名産地には必ず極上のレストランがあるものだ」

――ほう、なるほどそういうものか、
と友の旅の極意に感心した。

「ゴルフとワインの旅も悪いもんじゃないだろう」

友人はワインで舌鼓を打ち笑っていた。

その二日間の行程はたしかに充実したものだった。

二日後、私は友をモントレー半島に案内した。

〝17マイルドライブ〟と呼ばれる海岸沿いを、林の間、崖の上、砂浜……と抜けるドライブコースに友は感嘆していた。

ゴルフはペブルビーチからはじまり、スパイグラスヒル、スパニッシュベイに連日挑んだ。こちらはワインと同様にゴルフコースが語りかけてくれる。

「ここは『宝島』を書いたロバート・ルイス・スティーブンソンが恋に落ちて、その相手に求愛するために訪れた場所だ。まだゴルフコースもない時にね。『オールド・パシフィック・キャピトル』という名紀行文も残しているよ。君の案内してくれた〝ザ・クラブ・シェイクスピア〟が各ホールにシェイクスピアの作品名がついていたように、ここ〝スパイグラスヒル〟の名前は『宝島』から取ったのさ。各ホールに『宝島』に登場する場所、人名がつけられているんだ。この岬はゴルファーにとってトレジャー・アイランドってことだな」

「**ワインとゴルフと宝島か……**」

友が笑って言った。

東京／紀尾井町、銀座、宮城／仙台

Kioicho, Ginza, Tokyo & Sendai, Miyagi

難しいことを易しく
易しいことを深く
深いことを面白く

――井上ひさし

「〝深紅の大優勝旗〟が白河の関を越えるのはいったいいつのことなのでしょうか」

作家の井上ひさしさんが吐息まじりに言われたのは三十年も前の紀尾井町にある出版社のサロンであった。

〝深紅の大優勝旗〟とは甲子園、夏の高校野球の優勝旗のことで〝白河の関〟は福島県白河に千三百年前に設けられた陸奥国《むつのくに》への軍事的要所を含めた関所である。

私が井上ひさしさんの言葉を聞いた夏にはすでに甲子園の高校野球は六十年の歴史があった。その六十数年で福島以北の高校はまだ一度も甲子園で優勝を果たしていなかった。その十年前、青森の三沢高校が太田幸司投手の活躍で決勝戦まで進んだが引き分け再試合の末愛媛の松山商業に敗れた。決勝戦前から〝悲願の東北の高校の優勝〟とマスコミは大見出しで煽《あお》り立てた。翌朝の新聞に〝深紅の優勝旗、またしても白河の関を越えられず〟と書かれた。それから二十年後、宮城の仙台育英高校が決勝に進出したがまたしても東京の帝京高校に敗戦した。

なぜ北の高校は優勝できないのか。さまざまな理由が挙げられた。一番多く言われたのは雪の積もる冬期に屋外での練習ができない点だった。井上さんの言葉は切実だった。

井上さんが大の野球通というのは意外と知られていない。スポーツ専門雑誌に野球に関する素晴らしい文章を何作も書いている。

井上さんは山形に生まれ、仙台のカトリック修道院ラサール会の孤児院で少年時代を過ごしている。この時、読書、映画、野球に夢中になった。

井上さんの願いは二〇〇四年、いきなり東北を飛び越えて北海道の駒大苫小牧高校の優勝で果たされた。翌年も今プロ野球で大活躍の田中将大投手で連覇まで果たす。その折の感想を井上さんからは聞いていないが、さぞ喜ばれたことだろう。

今夏、ベスト4の中に岩手の花巻東高校、山形の日大山形高校が勝ち進んだのを井上さんが見たらどんなに興奮されただろうか。つくづく時代は変わったな、と私も思った。

井上さんが亡くなって今年で三年になるが、今年は井上さんの新刊が数冊も出版された。物故作家のこういう例はあまりない。司馬遼太郎、松本清張といった流行作家ならわかるが井上さんの晩年は戯作の執筆に力を入れておられた。

『少年口伝隊一九四五』(講談社)、『井上ひさしと考える日本の農業』(家の光協会)、『巷談辞典 井上ひさし・文 山藤章二・画』『新東海道五十三次』(ともに河出書房新社)。『少年口伝隊一九四五』は原爆が投下された広島の町で少年たちが号外やさまざまな連絡のために町中を走った感動的な話だ。

井上さんは戦争を徹底的に憎み、原爆の真実を探るために広島、長崎を長い間取材された。映画、舞台にもなった『父と暮せば』は名作である。

「なんとしても沖縄戦の真実を物語にしたい」が晩年の言葉だった。しかし持ち時間が切れた。作家の哀《かな》しみはここにある。

私は妙に井上さんと街場で出くわすことが多かった。銀座のガード近くに『慶楽』という美味しい中国料理店があり、そこでよく逢った。あの人なつっこい含羞を持つ笑顔で頭を下げられ、こっちが恐縮した。作家の先輩として人生の節目に貴重なアドバイスを受け、それは今も私の執筆活動の支えとなっている。

私は今夏、井上さんの『合牢者』と題された中篇小説を読んだ。面白い。三十数年前に書かれた作品だ。私が最初に読んだ井上作品は『手鎖心中』である。私の生家の書棚にまだ残っている。それ以前はやはり『ひょっこりひょうたん島』の人形劇である。

井上さんは別称〝遅筆堂〟と呼ばれるほどに原稿がギリギリまで上がらない作家

だった。同じ小説誌に執筆していた時期があって、私の方は遊んでいて原稿が遅いのだが、必ず担当編集者にこう訊いた。

「井上さんの原稿はもう入ったの？」

すると相手は言った。

「あの方は別格です。何を一緒にしてるんですか」

私は色紙を出されてもまず書かない。井上さんも苦手だったらしい。

仙台の鮨《すし》屋の主人に或る夜、井上さんの色紙をそっと見せられ、どうです？　いい言葉でしょう。東北の宝ですよ、この人は、と主人はしみじみと言った。そこには丁寧な文字でこう書いてあった。

『難しいことを易しく　易しいことを深く　深いことを面白く』井上さんの言葉だから読む者に伝わってくる。

井上さんは親しい作家の方など九人と『九条《きゅうじょう》の会』を結成した。日本の憲法の第九条を含む憲法の改訂を阻止するための会だ。今の現状を見たらさぞ激怒されるに違いない。あとに続く私たちがその遺志を忘れないことだろう。

野球の快音と歓声が聞こえていることは平和の証《あか》しです、と東北人は言った。

旅だから出逢えた言葉―II

フランス／アルル、カマルグ
Arles & Camargue, France

フランスにもカウボーイはいます

――コーディネーターの女性

さまざまなかたちの旅があるが、どこそこに、何を見聞に行くと決め、周到に準備をしていても、実際に出かけてみると、あらかじめ行こうとしていた場所より、あそこに行ってみたかったという悔みが残ったりする。

それが海外旅行ならなおさらである。

二〇〇〇年から〇五年にかけて出かけたヨーロッパの美術館を巡る旅にもそれが何度かあった。臨機応変に対応できるスケジュールを立てていても、海外の旅では訪問がかなわぬことも多い。

こころの片隅にそのまま残っている土地も多くあり、ヨーロッパの地図を見る機会がある時に、そのことが思い出され、

——もう生きている間には訪れることはできないのだろう。

と悔みと憧れが混ざった妙な感情を抱くことがある。

逆に何とかそこに行けた時は、その感慨はひとしおである。

フランス南部にある、その美しい湿原へは、そこに行くのが当初の目的ではなく、偶然、そして必然のように出かけることができた。

プロヴァンスを代表する街、アルルを訪れたのは、ヴィンセント・ヴァン・ゴッ

ホの取材であった。

訪れた時は、ミストラルと呼ばれる厳冬の季節風が吹き荒れる一月だった。冬を訪問時期にしたのはゴッホがパリから初めてこの土地に来たのが、やはり冬の二月だったからだ。

ゴッホが到着した翌日、アルルは雪の日となり、それでも生真面目なゴッホは画帳を手に写生に出かけ寒さに震えながら絵筆を握っている。その寒さがいかなるものか体感したかったからである。

ミストラルは私の想像を越えた寒さだった。

——よくこんな環境で創作にむかえたものだ……。

若き日（当時三十五歳）のゴッホの絵画に対するけなげな姿勢に私は感動した。この寒さは同時に、もうひとつの発見を私に与えてくれた。それは寒さに震えながら仰ぎ見たアルルの夜空にかがやく冬の星座の美しさだった。

——ああ、これが作品『星月夜』と『夜のカフェテラス』のあのわずかな路地の狭間から降る雪のように大きな星をゴッホに描かせたのか……。

同じ冬期に無理をして出かけたお蔭《かげ》であらたな発見があった。これも旅の面白さなのだろう。

ところが好事魔多しで、その夜、私は夜半から熱を出し、翌朝は高熱で動けなくなった。その日の予定であった跳ね橋やローヌ河は午後から何とか車中から見て回ったが、他の予定はキャンセルした。

カメラマンと二人の旅であったから現地のコーディネーターに新しいスケジュールをこしらえてもらった。外された訪問地に地中海沿いのちいさな港町、サント・マリー・ド・ラ・メールがあった。

ゴッホがアルルに移り住んだ一八八八年の六月十七日から二十二日まで、彼はこの港町に小旅行に出かけ『浜辺の漁船』と題した作品を制作している。この作品はゴッホの中でも少し筆致が違っている。しかも筆致は丁寧この上ない。『アルルの跳ね橋』『収穫の風景』の三点がこの丁寧の同類に入る。

海を描いた作品はゴッホにはほとんどない。海を見てゴッホが何かを感じたのではないかと私は勝手に想像した。だから地中海のその小港をぜひ訪れたかった。それがかなわなくなった。

一年後、マルセイユの隣り町のエスタックにセザンヌの軌跡を訪ねる旅に出た折、私は無理を頼んで、アルル方面から小港にむかった。

その車中でコーディネーターの女性が言った。

「ご存知でしたか。**フランスにもカウボーイはいます**」

「あのアメリカ西部のカウボーイですか」

「そうです。牛は勿論《もちろん》、野生の馬を捕えて調教するんです。美しい真っ白な馬です。〝カマルグの馬〟と言います」

「あの塩のカマルグですか」

「そうです。もうすぐそこを通ります。二万羽のピンクのフラミンゴもいます」

やがて車窓に広大な湿地帯があらわれた。

――こんな美しい湿地帯がフランスの中にあったのか。

正直驚いた。さらに驚いたのはカマルグの馬の威風堂々とした馬体と、その純白の毛並だった。その馬に乗り、半日湿原を散策すればいいと言われたが時間の余裕はなかった。

その旅を終えて帰国し、古いビデオになっている映画『CRIN BLANC（邦題：白い馬）』という作品を見た。漁師の少年と野生馬の物語で、その背景のカマルグは私が見たカマルグよりさらに自然が美しかった。
私は今でも時折、湿原を疾走する白い野生馬を思い浮かべることがある。ゴッホの小港は思い出せないのにカマルグは鮮明に記憶に残っている。何か私の遠い風景に共鳴しているのか。人間の記憶とは妙なものだ。南仏を訪れる機会があれば、足をのばして白い馬をみられてもいいかもしれない。

山口／防府、長野／伊那谷

Hofu, Yamaguchi & Ina-dani, Nagano

何処《どこ》やらに
鶴《たず》の声《こえ》聞《き》く
霞《かすみ》かな

——井上井月

春の日の一日、ちいさな旅に出た。

行き先は、長野の南、伊那《いな》の谷間《たにあい》の町々だった。

どうして伊那へ？　以前からこの谷間の土地を一度見てみたかった。伊那、伊奈《いな》(以前はそう書いたらしい）という言葉の響きがいいではないか。言葉の響きもあるが、この数年、伊那で生まれ育った人に逢《あ》い話をする機会が多かった。

銀座の小料理屋の主人。那に出かけている男。別離した子供が高校球児になり、その応援に、毎週末伊那に出かけている男。神保町で居酒屋をやりつつ俳句の結社を主宰している人……。

偶然にしては伊那の人に少し多く逢ったのだ。しかも皆素朴な人に見えた。

居酒屋の主人から（実は名のある俳人であるが）一冊の本が送られて来た。『漂泊の俳人・井上井月《せいげつ》』（伊藤伊那男著、角川学芸出版刊）。去年の年の瀬に送ってもらい、生家のある山口県防府で読んだ。面白かった。井月の存在は知っていたが、放浪の俳人で酒の入った瓢箪《ひょうたん》を腰にぶら下げて、伊那谷の集落から集落を酔いどれて蚤《のみ》と虱《しらみ》とともにさまよう男というイメージしかなかった。ところがこの本を読んで印象が変わった。

井月の素養と礼儀正しさを検証し、伊那の人が彼に与えたものがほどこしではなく、彼が伊那の人々に送ったものも善きものであったと知った。偶像は最初にできあがると、それが増大するばかりで、あらたまることがない。

その井月が故郷の長岡から移り住んで三十数年を過ごした伊那とはどんな土地なのだろうかと思う気持ちもあった。

寒い土地には寒い時に行け、と言うから二月の風の強い日に、朝早くお茶の水の常宿のホテルを出て中央線で新宿へ行き、〝あずさ13号〟に乗った。

一人旅である。弁当を買って座席についたが二日酔の頭はまだぼんやりしていた。

立川から八王子、高尾を過ぎると電車は山の中に入る。よく揺れるし、車窓の風景も雑木林や沢ばかりでつまらない。相模湖、大月あたりは少し拓《ひら》けていたが、すぐにまた山間《やまあい》を電車は走る。

それにしてもよくこんな土地へ線路をこしらえたものだと感心する。線路の勾配のせいか車窓の半分は冬の青空である。なんとも澄んだ青色であった。

甲斐大和《かいやまと》というちいさな駅を過ぎ、林ばかりをしばらく眺め、やがてやや長いトンネルを出ると、いきなり光が差し、甲府盆地が車窓にひろがった。

――ああ、ここが甲斐の国か……。

座席を変え土地のありようを見ようとしたら、南の峰々の上に雪にかがやく富士山の頂きが目に飛び込んで来た。いや少し感動した。

——もしかして信玄は何度もこの富士を眺めていたのかもしれない。

今も甲斐の人々は富士の頂きを見て暮らしているのだと思うと、夕刻、富士が赤く染まる姿は手前に見える峰々とコントラストを作ってさぞ美しいのだろうと想像した。

日帰りの予定であったから、でき得るなら帰路、その赤富士を見たいと思った。甲府を過ぎてすぐに富士は見えなくなった。そのかわりにアルプスの峰々が車窓に映り、やがて堂々たる峰をいくつか抱《かか》えた峰の集まりがあらわれた。

私は山の名前に疎いので、車掌さんか売り子さんが来るまで待った。ようやく売り子さんがやって来た。

「すみません、あのいくつか峰が集まっている山の名前は何と言うのですか」

「あれは、ほら峰が七つ、八つに見えるでしょう。だから八ヶ岳です」

とまるで子供を諭すように言われた。

小淵沢《こぶちざわ》、茅野、上諏訪と電車は停車した。水が豊かなのだろう。名前を聞いたことのある企業の工場がいくつか見える。

その時、左方から光が差した。何だろうとそちらを向くと、水を湛《たた》えた湖が目に飛び込んで来た。それまでとはまったく違う色彩と光だったので、私は思わず声を上げた。

「こりゃ見事だ」

水景というものは人間の気持ちを真っ直ぐにつかまえるのだと思った。

――これを見ただけで、この旅は十分だ。

正月に、友人と居酒屋で待ち合わせた折にもそれを読んでいると、あらわれた友人に、井月は山頭火が憧れて、たしか墓参へ長野の谷間まで訪ねたはずだ、と教えられた。山頭火は防府の出身で友人は山頭火に詳しかった。

「同じ放浪の俳人じゃったらしい」

私は同郷の出身であるが、種田山頭火は好まないので、そうなんだ、と返答だけをした。

世間の人は、放浪、彷徨《ほうこう》などと呼び、詩人なり、俳人がさまようことに憧れたり、時には讃える文章を目にするがその実体は決して美しくもなければ、そこに俗に言うロマンのような甘美なものはないと私は思っている。伊藤氏は井月という俳人についてそこらあたりが実作者としての目でよく推考してあり、特に井月が愛《め》でた芭蕉への思いが、同季語等の作品で比較してあり興味深かった。哀《かな》しいかな、西行、芭蕉とは時代も立場も違っていた。

いくつかの町を歩いて、時間が来たので東京にむかった。

井月が己の生を見つめた伊那の里々は天竜川沿いに点在し、やはり風情があった。井月が亡くなったのは明治二十年の三月十日である。私が訪ねたのは命日の十二日前だった。

辞世の句とされるのは次の句である。

何処やらに鶴の声聞く霞かな　井月

死の直前ではないが、井月を讃えた芥川龍之介の、水洟《みずばな》や鼻の先だけ暮れ残る、と時間として似ていなくもない。

妻呼べばたちまち春の星うるむ　伊那男

これは著者の伊藤伊那男の作品である。氏の妻女が亡くなる前に、私は夫人と半日遊んだ日がある。生年月日が私とまったく同じだった。伊那男も、勿論、伊那駒ヶ根の人だ。

22
4e ARRT
QUAI
D'ORLÉANS

兵庫／神戸、福岡／博多、香川／丸亀、京都、東京／銀座

Kobe, Hyogo, Hakata, Fukuoka, Marugame, Kagawa, Kyoto & Ginza, Tokyo

彼がバーテンダーだからだよ

今から十七、八年前、全国各地にあるバーを訪ねる旅に出たことがあった。酒造メーカーの広告も兼ねていたが、酒を好む私には役得の旅だった。七、八ヶ所の街を回ったろうか。いずれのバーも、長くその街の人に愛され、街では評判の店であった。

面白かったのは、それぞれの店が、訪ねた街特有の、或《あ》る風情を持っていたことである。

神戸のバーには港町の、それも外国船航路の船が出入りするだけあって異国情緒が漂っていた。フランス、マルセイユのネームの入った洒落《しゃれ》たレリーフがさりげなく壁に掛けられていたりする。地中海を出航し、遠くアジアの港町でカルバドスを見つけて喜んだ船員がいたりしたのかもしれない。

九州、博多にあるバーには博多どんたくのミニチュアが棚の隅にあり、目の前で白いジャケットに蝶《ちょう》ネクタイでシェーカーを振るバーテンダーが、祭りの夕べに凜《りん》とした祭りの浴衣で山車《だし》を曳《ひ》く勇壮な男振りが思い浮かんできて楽しかった。四国、丸亀にあるバーなどは、埠頭《ふとう》の突端にぽつんと店があり、昔の日本映画のワンシーンの中に入って飲んでいる気分になった。かと思えば、京都、祇園の路地の一角にあるバーは、主人が女性で、マスターとは言わずに、「おかあはん、ドライマティーニ、もう一杯くれへんか」と客が注文し、チーフバーテンダーの息子に、お女将《かみ》が「ぼん、もう一杯やて」と伝えるやりとりに京都ならではのおかしみがあった。

どの店も大半はその街で一番の繁華街の中にあり、路地をいくつか抜けて、ああ、これがこの街を代表するバーかと、店構えに感心したり、カウンターの椅子に腰を下ろし安堵《あんど》したものである。

日本のバーを訪ね歩いてみてわかったのだが、おそらく日本のどの街にも、その街の人々がこよなく愛しているバーがあるのだろうと確信した。どうしてこんなちいさな国の街々にそれなりの良いバーがあるのだろうかと考えると、その答えは、バーテンダーたちにあるように思える。バーの風情や特色を書いたが、バーはバーテンダーの存在に尽きる。どれほど価値のあるスコッチウイスキーが棚に置かれてあろうが、世の中にふたつとない珍品の木からなるカウンターをあつらえようが、そこに立つバーテンダーが二流なら、そのバーは二流のバーなのである（少し言い過ぎかな）。

ではなぜそういう考えが成立するのか。それはお酒というものが持つ特別な性質から来るのだろう。酔うだけが目的なら、ひと昔前まで、酒屋の脇で、酒屋が酒好きのために簡素な造りの立ち飲みで量り売りの酒を出していた、あの酒屋の屋台に行けば良いだけのことである（この場合の酒は日本酒だが）。今はバーでも日本酒を置くバーがあるが、バーと名前がつく店は洋酒しかなかった。カクテルのベースも洋酒である。洋酒は高価な酒であった時代が続いた。客たちは少し無理をして洋酒を飲みに行った。店は高くつく分だけ〝構え〟をこしらえた。カウンターも作り、それなりの内装もし、洒落た音楽も流し、グラスも準備した。江戸時代に旗本の横着惣領たちが、派手な出《い》で立ちで街中を歩き回って遊ぶのを〝歌舞《かぶ》く〟と称した。バーが客を迎えるのに準備した精神は、あの〝歌舞く〟に少し似ている。当人たちは、粋を善しとした。バーの〝構え〟には、粋、洒落、と言ったかたちからあらわれるものと精神を兼ね備えようとしたものがあった。その軸になるのが精神、つまり人であった。バーテンダーはそれを備えて客を迎えた。ややこしい言い回しをしたが、さほど外れてはいないだろう。

バーを巡る旅で出逢ったバーテンダーたちは誰も皆一流の男たちであった。一流とそうでないバーテンダーは顔を、カウンターの中の所作をほんの少し見ればわかる。これは別に日本のバーテンダーに限ったことではない。ほんの少しの所作でわかるのは、彼等が修業を積んでいるからである。顔でわかるのは仕事に誇りを持っているからであろう。勿論すべてのバーテンダーがそうではない。

バーテンダーは、気取りすぎても、気安すぎても困る。難しい仕事だ。

先日、長くつき合っていた銀座のバーテンダーが亡くなった。その店には、数年、足を向けていなかった。彼は週末、きちんと仕事を終え、体調が悪いと言い入院し、翌週の初めに亡くなった。医師の話では、身体の中はひどい状態だったらしい。飲み友達がそれを報《しら》せてくれて見舞いに行きますかと訊《き》かれた時、私は断った。

「お忙しいですものね」

「そうじゃない。私が行っても、彼は部屋には入れないよ」

「どうしてですか」

「**彼がバーテンダーだからだよ**」

大人の男がかたちを崩さずに生きるのも大変である。

バーテンダーが好きである。理由はない。好きに理由などあるものではない。敢《あ》えて言うなら、まだ青二才の頃、逆上したり、口惜しかったり、己一人だけがどうしてこんな目に遭うんだと思って何もかもやめてしまいたくなった時、彼等は黙って、私のグラスに酒を注《つ》いでくれた。

亡くなった友とは二度と逢うことはないが、悲しみはそれ以上でも以下でもない。ただ私の口の奥に残った、彼が作ってくれたドライマティーニの苦味を、私は死ぬまで忘れないだろう。バーテンダーがこしらえる酒とは、そういうものだ。

今月は、お酒を召し上がらない人にはいささか退屈な話で、失礼をした。

アメリカ合衆国／ニューヨーク、兵庫／伊丹、宮城／仙台
New York, U.S.A., Itami, Hyogo & Sendai, Miyagi

夫を、家族を、恋人を なくした女性を 元気づけたいの

——田辺聖子

人に何かを贈るというのは難しい。

何かを贈られて、その人が喜ぶ姿を思い浮かべるのは悪いものではないが、当惑する場合もないわけはない。たとえば普段そう親しくしていない人から分相応でないものが届いたりするとたいがいの人は驚くとともに戸惑うはずだ。分相応と書いたが、受け取った人にも似つかわしくないものであると同時に、贈ってくれた人にも似つかわしく思えないケースがある。似つかわしくないというのは、具体的に言えば、高価なもの、もしくは負担をかけているものである。

そこを間違うと、その人とのつき合いまでがおかしくなる。場合によっては、そのプレゼントを手紙とともに返したこともあった。その場合は大半が自分より歳下だった。返却の包みに手紙を添え、斯《か》く申し上げる。

『貴方から頂き物をしたが、これは私にも貴方にも負担が多過ぎます。贈って下さった気持ちは有難く、嬉《うれ》しくもあったが、頂戴物をつくづく見ていてやはりお互いにふさわしくない。よって返却する。気を悪くされたら仕方がない。私はそうやって暮らしてきたので……』という塩梅《あんばい》である。

返却された側が気分を悪くする？ それは手紙の主旨の外にあることで、年長者がわざわざ筆を執ったことを理解できなければ、そんな人の気持ちなどどうでもいいのである。

そうは書いたが返却できないものもあった。それはどうするか？　包みを閉じ、納戸の隅に保管する。十年、二十年経《た》っているものもある。その人とのつき合いにも距離を置くようになるから返却もできない。

祝い事、結婚式、長寿の祝いなどとは逆に葬式、別れの会などに包む送別金もそうである。必要以上に、身分不相応な金額を持って行くのは礼儀知らずである。なるたけ皆に合わせ、それより少ないくらいを包むのが常識である。豪華なホテルでの結婚式に招かれ、食事と引出物に合わせた金額を包むことを常識のように言う人がいるが、それも間違いである。招かれた時の己の状況で出せる金でよろしい。宴を豪華にするのは両家の主旨で〝晴れ〟を子供のためにしたい親、家の気持ちである。だから質素であればいいとは思わない。ただ招かれた方はそれを負担に思わず堂々と祝って上げればいい。香典などは少ないのが良識である。

私はこのことを上京する前に父に教わった。

「いいか、身分不相応なことをしてはダメだぞ。おまえも笑われるが、育てた私と母さん、そして家が笑われることになる」

今月は妙なことから書き出したが、今年の初めにプレゼントを貰《もら》ったことがあって嬉しかった話を書こうとして、なぜかこうなった。私は臍《へそ》曲がりになったのかもしれない。

仕事場の机の隅に一冊の本がある。

正確には写真集である。手頃な大きさで仕事の手を休めた折に見るには良い。

表紙には『ON READING』とあり、写真家はアンドレ・ケルテス。ハンガリー出身の写真家で、長い間ニューヨークで暮らした。若い時はブダペストからパリに出てモンドリアン、レジェ、シュルレアリスムのマン・レイといった人々とともに創作活動した。

写真集のタイトルに『ON READING』とあるから内容は〝読むこと〟〝読んでいる人〟がテーマでいろんな場所で、いろんな人が本や新聞、チラシのようなものまで読んでいる姿が撮られている。写真家が、戦後、日本に来て撮影しているものもおさめられている。微笑《ほほえ》ましい作品もあれば、読む人の職種、国柄が反映されたものもある。人間が何かを読むという行為には、好奇、向学という人間の特性があらわれている。

贈られた本は英語版で、贈り手がニューヨークへ行ったときに買い求めたとカードにあり、私の特別な日にこれを選んでくれたのだろう。高価なものではない。

特別の日と書いたが、何のことはない誕生日である。私は長い間、自分の誕生日を祝うということをしたことがなかった。これも父の教えであるが『男が二十歳を過ぎたら自分の誕生日を祝って貰えると思うな。自分からも口にするな』と言われた。

二十歳代の半ばから三十歳の半ばまで私は誕生日のある月はほとんど海外で一人で旅をしていた。仕事の関係も（CFディレクターで海外でのロケ場所を探す旅が多かった）あったが、息子の若い日々に他人に祝いをしてもらえる余裕などないと見極めたのか、父の言うとおりに生きた。今でも気持ちは同じだ。

それがこの頃、数人の友なり、家族から祝いの言葉が届く。冒頭にも書いたが分不相応なものだとしかめっ面になるが、たいがいはそこを心得て下さる。

私は物にこだわらない。物欲がない。そう育てられたことと、そうなったことに感謝している。それでも欲しいというものはあった。仕事場の文具の隣りに一本の、長さ二センチに満たない使い古した鉛筆がある。

作家の田辺聖子さんから頂いた。田辺さんが実際に執筆で使用し、捨てるものを取っておかれた一本である。私はこれを伊丹にある田辺さんの家で見せて頂いた。申し出て、届いた日は嬉しかった。それを見る度に思い出す。

「私は戦後ほどなく作家になって、その頃は戦争で、**夫を、家族を、恋人をなくした女性がいて、その人たちを元気づける小説が書きたかったの**」

作家の何たるかが学べる一言である。

人間には本当に必要なものがある。それを提供できる仕事を、本物の仕事というのではないか。アンドレ・ケルテスは〝やり過ぎない〟を旨とした。写真集は若い女性から頂いたが、本当に感謝している。

チュニジア／チュニス、イタリア／フィレンツェ、東京

Tunis, Tunisia, Firenze, Italy & Tokyo

またダンスの夢か……

この三年間同じ夢を見て、深夜に目覚めて、暗い天井を見ながら吐息をつくことがある。

——どうしてダンスなど踊ってしまったのだろうか……。

夢の中で、私は大勢の人の前でダンスを踊っている。

まさか、と思われようが、実際に私はかなりの数の人の前でダンスを踊ってしまったことがあるのだ。

三十七、八年前のアフリカのチュニスという街のホテルのプールサイドにあるバーの踊り場のような所で、パリから来ていたフランス女性とジルバを踊った。どうしてそんなことになったのか理由も覚えている。私は日本からコマーシャルフィルムの撮影で訪れていた。その夜は撮影もほぼ終了に近くなり、打上げを兼ねた食事会の後、宿泊していたホテルのプールサイドでリキュールやカクテルか何かを撮影隊皆で飲んで愉《たの》しんでいた。そこに顔見知りになっていたイタリアから来た撮影隊が合流して賑《にぎ》やかになった。

何かの拍子に撮影隊同士が対抗戦でダンスを披露することになった。先にイタリア隊が見事なタンゴを踊って見せた。さあ次は日本隊だ、となった時、我が方は皆が沈黙した。誰一人ダンスを踊る者などいなかったのだ。さあジャポネどうした、と大ブーイングになりイタリア隊が私たちをからかった。その時、日本隊のスタイリスト兼通訳の女性が本気で怒り出し、それでもあなたたちは男なの？　と私たちを見た。そうして大声で私の名前を呼んだ。私は彼女が立ち上がったのを見て、何か嫌な予感がしていた。パリジェンヌに強引に手を引かれ踊り場の中央に連れて行かれた。

音楽が鳴り響き、相手が踊り出した。

ままよ、と私はジルバの曲に合わせて彼女の手を取り、踊り出した。驚いたのは普段、私と仕事をしていた撮影スタッフである。ともかく一曲なんとか踊って逃げ出した。

私はダンスを習ったことがあった。嘘《うそ》でしょう？　と思われようが本当である。

十八歳で上京する折、私は父に言われた。

「ダンスの免状を取っておくように、東京のしかるべき教室に連絡しておくから」

私は驚いて聞き返した。

「ダンスの免状ですか？」

「そうだ。わしも持っておる。ダンスを体得しておけば何かの折に役立つ」

「ダンスがですか？」

「そうだ。必ず行きなさい」

「……はあ……」

父はダンスの教習免許を持っており、時折、生徒を集めて教えていた。床にステップの足のマークをチョークで描き、スロー、スロー、クィック、クィックなどと手拍子でリズムを取っていた。私は父のその姿が好きではなかった。

母にそのことを相談すると、母は苦笑し、一応わかりましたと言っておけばいいわ、と言ってくれた。

それでも大学の野球部を退部したと聞くと、父から連絡があり、新宿にあるダンス教室へ行くように言われ、数日通った。先生は父の知り合いで、私の田舎までダンスを披露しに行ったことがあると言った。

「君はセンスがあるからこの際本格的にダンスをやってみたら？」

――嘘だろう。

さすがに数日行ったきりで続くはずがなかった。それでもその数日で身体がジルバを覚えたのだから、身体で覚えたものは強い。

さて、どうしてダンスの夢を見るようになったか。それは一枚の金貨をイタリアのフィレンツェで見たせいである。

スペイン、フランスの美術館を巡る旅を五十代の時にして二冊の本を上梓《じょうし》した。思っていたより評判が良く、次はイタリア編をやろうと企画していたが、六十代になり仕事の量を倍に増やしたために時間が取れなくなり、イタリアへなかなか旅発《たびだ》てなかった。三年前にようやくフィレンツェへ行き、レオナルド・ダ・ヴィンチが生まれたヴィンチ村を訪ねたり、ウフィツィ美術館、バルジェッロ国立美術館へ日参した。その折、エキジビションで〝お金と芸術〟という展覧会が開催されていて、面白そうだから覗《のぞ》いてみた。

そこで美しい一枚の金貨を見た。これまで見たどの金貨より美しかった。フィオリーノ金貨（フローリン金貨）である。フィレンツェの街がなぜヨーロッパを代表する商業都市になったかを証明する金貨である。この金貨はヨーロッパ中で造られた金貨の中で金の含有量が一番多く、しかも美しかった。このことがフィレンツェの街と商人に対する信頼を築き上げた。やがてその信頼により、それまでの商取引に使われていた銀の延べ棒にかわり、このフィオリーノ金貨が西ヨーロッパの通貨の基準となった。フィレンツェの財力がルネッサンスを開花させる。

私はその金貨を見た瞬間、ルネッサンスを中心とした私のイタリア美術の連載は、この金貨からはじめようと思った。私は二度、その金貨を見に出かけた。

眺めているうちに、以前、この金貨をどこかで見た気がしてきた。どこだろうと思ったが、すぐに思い出せなかった。それが、その旅の途中で地中海の地図を見ているうちに、チュニジアの国土が目にとまり、もしかしてチュニジアのチュニスで見たのでは、と思うようになった。チュニジアはイタリアの〝穀物庫〟と呼ばれるほど昔からイタリアと交易をしてきた。私がチュニスへ行ったのはあとにもさきにもコマーシャルの仕事で行ったきりだ。おそらくその時、撮影地を探しがてら博物館か何かを訪ねたに違いない。そこでこの金貨を見たように思う。

私はなんとしてもその記憶を思い出したかった。おぼろにではあるがガラスケースに入ったフィオリーノ金貨が浮かぶのだが、鮮明ではない。何度となくチュニスの街と金貨を繋《つな》ぎ合わせようとしたくて、就寝前にルネッサンスの資料と金貨を眺めて記憶をたぐり寄せるのだが、金貨が夢にあらわれ、クルクルと回るうちに、ジルバの音楽に合わせて踊っている酔態の自分までもがあらわれ目を覚ましてしまう。

「またダンスの夢か……」

厄介なことになって、つくづく頭の粗雑さに呆《あき》れている。

山口／防府、宮城／仙台、フランス／パリ
Hofu, Yamaguchi, Sendai, Miyagi & Paris, France

無垢の黒

私は朝目覚めて、大量の水分を摂る。

これは少年の頃からの習慣で、父がそうしなさい、と命じたので、守っているうちにそうなった。

父は昔の人では体軀《たいく》の大きな人で（屈強と言ってもいいが誤解があるといけないので）、朝早くから夜遅くまで働いていた。私が少年の頃は、取引先の人の接待もあって、宴席から帰って来ると、ずいぶんと機嫌の良い時もあれば、怒っている時もあった。当然、酒の匂いもした。我が家の数匹の犬たちは父が帰宅をすると、こんなに犬が喜ぶのかと思えるほど飛び跳ね、吠《ほ》え、身体に触れてもらいたいと父の足元に近寄った。

父は母が準備した骨付きの肉を鍋から地面に放っていた。

「今夜は旦那さんはご機嫌ですね」

お手伝いの小夜が犬たちに声をかける父の言葉でそう言った。

帰宅が九時前だと、子供たちは全員で父を迎え、手にした土産品を見て、明朝はお鮨《すし》が少し食べられる、などと思った。

それとは逆に不機嫌な時は帰宅の時刻は遅かったが、子供たちは声を潜めて休んだ。

或る夜、父がひどく不機嫌な様子で帰宅したことがあった。居間に若衆や母が呼ばれ、そこから怒鳴り声がした。深夜、私は小水がしたくなり、一人で庭の方にある厠《かわや》へ行こうと寝間着のまま目をこすって縁側にむかうと、そこに独り腰を下ろし、じっと庭先を眺めている父の姿が目に入った。

子供ごころに、父の機嫌の悪さを思い出し緊張して、その場を動けなくなった。父もじっとしたまま身動《みじろ》ぎもしなかった。

大きな背中を見ているうちに、怖かった感情が失《う》せ、なぜそう思ったのか、私は切なくなった、その時の私の心境をどう説明してよいのかわからないが、その頃、私は友人を突然亡くし、ひどく生きることがおそろしくなっていた。その私の哀しみを、じっと庭を深夜に見ている父が抱いていたかはわからぬが、まったく別の父を見た気がした。

今月はこんなことを書こうと思って筆を執ったのではないが、犬たちに囲まれて陽気にしていた父の姿がよみがえると、あの夜の父の姿が、唐突に思い出されたのである。文章とは奇妙なものだ。

その時の父の年齢を、私はもう遥かに越えているのだが、あらわれた追憶にあらためて父に感謝せねばと思った。

さて本題に入ろう。父が目覚めたらまずたくさんの水分を摂るように命じたのは、健康のためもあったかは知らぬが、父が酒を好んでたしなむ人であったからだ。同じ血を引いたせいか、私も成人してから、酒を好んで飲んだ（もしかして好む以上だったかもしれない）。父がそうしていたかはわからないが、翌朝の二日酔いは水分を多量に摂ることで治した。

三十歳代の半ば、酒を飲み過ぎて、病院の世話にまでなり、家族、周囲の人に多大な迷惑をかけた。酒の疾患が治ってからも、目覚めて摂る水分は同じであった。しかしそれは水ではなく、お茶にかわった。大きなペットボトル一本分の茶を飲む。日本茶も、中国、台湾の茶も、その時の気分で選ぶ。すべて茶は自分で淹《い》れる。熱い茶をゆっくりと喉に流し込むと、すぐに発汗するのがわかる。そうしながら庭先にやって来る鳥や虫を眺め、その日の仕事の段取りを考えることもあれば、数日前のゴルフコースでのバンカーショットがどうして失敗したのだろうか、などと愚にもつかぬことも考える。

私は自分が、或る時期、遊び放題の放埒《ほうらつ》な暮らしをして来て、なお今日、目覚めてほどなく仕事を始める習慣を続けてこられているのは、人のお蔭もあるが、目覚めの茶にあると思っている。

中国、台湾の茶の効用を教えてくれたのは、パリにあるちいさな茶店のマダムだった。彼女の話は以前この連載で詳しく書いたのですが、茶と書について教えてくれた。早朝、一番の水で墨をする折の香りと、同じく一番の水で淹れる茶の香りは似ている。こういうことはすべて自分の手でやるから、それがわかる。

その書に関しては、一年前から或る月刊誌に、日本人の書について執筆している。そこで千利休の書を取り上げ、利休の書の誠実さについて書いた。

私は千利休がどういう人かはよく知らなかったので、その執筆の折、いくつかの文献を読み、見ることができる書は実際に見た。

書というものはたいしたもので何百年前にしたためられたものでも、現物を見ると、書いた人の息遣いまでもが感じられる。

利休は豊臣秀吉との確執がよく取り上げられるが、それは利休のすべてであるはずがない。秀吉が好んだ黄金の茶室が趣味が悪いのは少し苦労して生きた人なら誰でもわかる。ただ茶室が問題になったのは趣味の善し悪しだけではなく、茶のもてなしに政治が持ちこまれたからである。あの当時の政治とは権力闘争である。

或る時から、利休は色彩で言うと〝黒〟を好むようになる。

友に盆の色味を聞かれ、赤は雑だから黒がよろしい、黒はいにしえの色だと助言している。

——なぜ黒であったのか？

それを私なりに考えた。宇治茶の玉露の色彩など、自然が生んだ茶の葉からよくこんなにあざやかな色が出るものだと見惚《みと》れる。飲《いん》することに戸惑うほどである。陽光、風、雨……四季と朝、昼、夜、寒暖、乾湿《かんしつ》の具合もあるだろうし、茶工たちの積み上げた技術もあろう。

それにしても美しいものである。茶の中に妖精でもお住まいかと、いとおしくさえなる。

利休はさまざまな〝美の加減〟を考え、〝**無垢の黒**〟を好んだのではなかろうか。そんな言葉があるのかは知らぬが、〝無垢の白〟があるならかまわぬ気がする。

深夜、父は何を想《おも》っていたのだろうか。それが問えない年端であったからしかたはないが、どんな生き方でも〝生〟と対峙《たいじ》せねばならぬのが、私たちのように思う。

「あの国は遠いの？」

「なーに、汐《しお》が良ければ、一晩さ」

——父

本書の一話目に、駅というものへの想いを書いた。駅舎は、それを見ているだけで、私は胸騒ぎがする。たとえ汽車、電車に乗らずとも、駅舎に入り、敷かれた鉄道の線路の、あの鉛色の鈍いかがやきを見ていると、誰かを乗せて、誰かの感情を乗せて、どこからか、どこへかに人間の思いが運ばれることの何とも言い得ぬ抒《じょ》情《じょう》を抱く。

駅、駅舎、線路がそうであるように、少年時代の私に、その種の、憧れ、夢に似た感情を抱かせたのは、いや今も抱くのは、やはり港の風景である。

瀬戸内海沿いのちいさな港町で生まれ育ったせいもあろう。私の生家のすぐそばまで湾から寄せる波音がいつも聞こえていた。生家のそばに江戸期、毛利家の水軍の御舟倉跡が今も残っている。そういう環境が、私の、少年の胸に港の存在をことさら大きくさせたのかもしれないが、海外に旅をしても、私が好む街、安堵する場所は決まって港町である。スペインならバルセロナ、ポルトガルならリスボン、フランスならマルセイユ、ニース、北でル・アーヴル、ドーヴィル。さらに言わせてもらえば、パリもかつてはフランスで三本の指に入る港町であった。アフリカのケニアに旅した時も、わざわざインド洋に面したモンバサという港町を訪ねた。アメリカ大陸西海岸ならバンクーバー、サンフランシスコ、ロスアンゼルス、ロス・カボス、東海岸ならボストン、ニューヨーク、マイアミなどである。上海、香港、仁川、釜山、メルボルン……数え出したらきりがないほどだ。今こうして港町の名前を書いていても、それぞれの町で過ごした時間が、夜半の船笛の音とともにあざやかによみがえる。

私は以前述べたように、幼少の頃から、お手伝いさんや、母に連れられて桟橋や浜へ何度も散歩に行き、野球少年になってからも、毎朝、犬と海岸までランニングをしていた。今日、上京するという朝も海を見に行った。

私が初めて見た大きな港町は、神戸だった。父が神戸で事故に遭って入院し、見舞いがてら母と神戸へ行った。少年の私は驚いた。生家のある港にも外国船（台湾から）は入っていたが、港に停泊する見渡す限りの船舶は勇壮であった。中国人街、商社の洋館が並ぶ大通りなどすべてが港からこの街に入って来た人々が造ったものだった。

港町には、そこだけが持つ独特の雰囲気、情緒のようなものがある。エキゾチックな面も勿論あるが、それだけではない特有な空気感が漂っている。船に乗って入って来た人たちだけではなく、港に住む人々にも、どこかお洒落で、自由な香りがする。さらに言えば、港町に立ち並ぶ各店々に入っても、扱っている商品がやはり違っている。

夕暮れになり、レストランや酒場の灯が点《とも》りはじめると、それは歴然とする。神戸で言えば、洒落たバーが何軒もあり、しかも長く続いている店が多い。店の壁にさりげなく、やって来た外国人が残したものや、海外からの絵葉書が貼ってあったりする。これは横浜も同じだし、バルセロナやリスボン、サンフランシスコの酒場でも同じような風景を見た。

それともうひとつ良い港町は、良い河の出口であることが多い。これは昔、河が船の出入りする安全な場所であったことが理由であるが、河の水と海の水が交わる所が交易の目安であったことも関係している。

横浜と書いたが、私は上京し、身体をこわして野球を断念してから、すぐに東京を離れて横浜で暮らした。最初の小説を書いた三十歳代は港町ではないが、逗子の海の前にあるちいさなホテルに八年間住んでいた。

夜明け方、机から離れて窓辺に寄り、窓ガラスに映る水平線を見ていると、

――こんなことはもうよしにして、明日にでも荷物をまとめ、海のむこうへ行き、そこで出逢った何かを人生の友にして生きて行った方がいいのでは……。

と何度も考えた。

海の風景には、それを見つめる人々の胸の隅を、どこかへ誘う魔力があるのかもしれない。

以前、何度か訪れた、タヒチ、ニューカレドニア、ハワイ諸島の島々の、海の歴史を調べてみると、彼等の祖先が何千キロの海の旅をして太平洋を小舟で乗り出した、その原動力がわからぬでもない。

私の父は、元気な頃は船会社を経営し、その船で瀬戸内海を往来する荷を運んでいた。たまに上陸すると、生家の別の棟に乗務員が帰っていて、港々の話を聞いたりした。父は将来は海外航路を往く船を持ちたかったらしいが、鳴門《なると》の沖で自社の船同士が衝突し、以来、船の夢を断念した。私はまだ子供で、その時の事情がよくわからなかったが、船の仕事を退《や》めてから、父が経営していたダンスホールにはコンクリートなのにわざわざ丸い窓があちこちにあった。

「どうしてこの建物の窓は丸いの？」

と少年の私が聞くと、母は笑って、

「お父さん、船が、船の仕事が大好きだったから、その思い出なのよ」

と応えた。

小説家になり、父のことをテーマに小説を書くことになり、そこで私は、父が、母の弟を助けるために、戦場であった韓国へ一人で渡り、叔父を救出した事実を知った。

これは拙著『お父やんとオジサン』（講談社刊）に詳しく書いたので、ここではよすが、その冒頭の一節に、若い母が幼い私を連れて栈橋まで散歩へ行き、しばらくじっと沖の水平線を見ているシーンを書いた。

戦争で離れ離れになった姉弟、母の想いを描写した。彼女にとって近くて遠い国だった。

少年の私は、大きな体軀の父に、或る時、尋ねたことがあった。

「あの国は遠いの？」

「なーに、汐が良ければ一晩さ」

若い父はこともなげに言った。

何事《なにごと》の
おはしますかは知らねども
かたじけなさに涙こぼるる

——西行法師

ちいさな旅に出た。

ちいさくはあるが、いつかその地を訪ねてみたいという旅であった。海外にもそういう場所はいくつかある。たとえば『ダブリン市民』の著者である作家、ジェイムズ・ジョイスが生きたアイルランドのダブリンがそうであった。スコットランドのグラスゴーから渡ったのだが、前夜、なかなか眠れなかったのを覚えている。半生の思い出になった旅だった。

今回は国内だが、少し緊張していた。どこか自分に因縁がある気がしていた。友人の故郷であった。それ以上に、普段、親しくさせてもらっている写真家のMさんが、その場所をすでに十年以上撮り続け、素晴らしい写真集を出版し、その美しさと、写真の一枚一枚から伝わってくるものを、ぜひ自分の目でたしかめてみたかったからだ。

三十年近く前、京都左京区の一番北にある花背に小説執筆の取材で〝花背松上げ〟という祭事を見学に行った。奇祭とも呼ばれるその祭りは五穀豊穣《ごこくほうじょう》を願って、十数メートル上にある松明《たいまつ》に火のついた玉を男たちが次から次に投じて炎を点《つ》けるものだった。数時間かかって見事に炎が上がると、女人禁制の祭りに女性の姿を借りた男衆が最後に歌を披露した。その情緒ある歌に私は感動し、案内した人に、あれは何という歌ですか、と尋ねた。

伊勢音頭です、と言われた。そうか、京都の北とは言え、ここから山を東にむかえば、そこに伊勢の国があるのだ。

——伊勢は、伊勢神宮はどんな所なのだろうか……。

名古屋のホテルでMさんが東京から仕事を終えて案内役で来てくれたのに合流し、バーで少し語らって早々に休んだ。

早朝出発した私鉄は窓も広く、車窓の眺めが好きな私には嬉しい席だった。川が多かった。それは橋を何度も渡るということだが、少年の頃から鉄橋を憧憬していた。やがて松阪という街の名が出た。松阪は一度訪れていた。本居宣長の生家へ行った。文芸評論家の小林秀雄の『本居宣長』を読んだ後で訪ねた。本文中に宣長が伊勢神宮をこよなく愛し、『古事記伝』を書くきっかけになった賀茂真淵との出逢い、いや、真淵が伊勢参りにやって来たことが出て来た。

そんなことを思い返しながら電車に揺られていると、何やら長い歳月逢うことがかなわなかった人を訪ねる心地がして来た。

宇治山田駅の駅舎はなかなか風情のある建物だった。タクシーでまず内宮にむかった。

宇治橋の前の鳥居に拝礼し、正宮のある右手を見たが破風《はふ》の千木《ちぎ》の突端は木々に隠れて見えなかった。橋の木の音を立てながら五十鈴川を見た。八本の立派な柱が水面から五、六メートルの高さにのびていた。Mさんに何の柱ですか、と訊くと、〝木除杭《きよけぐい》〟と言って、水量が増した折に上流から流れ出す木々で宇治橋がこわれるのを防いでいると言う。なるほどよくよく見れば大木もこの柱にぶつかれば勢いも弱まり、斜めになるように工夫してあった。

合理的なのだ、橋の中央から神路山の稜線を見ると春の陽光に青くかがやいていた。橋を渡り、振りむいた。二十年に一度の遷宮でたしか巫女《みこ》が歩く姿がよみがえった。Mさんと橋の構造が見える川辺に降りた。一見、複雑に映る木組と構造はひとつひとつを観察すると、理にかなう造りになっており、日本の大工たちの技術力の高さに感心した。

「宮大工の中の船大工の手でこしらえているんです。ほら橋の彎曲《わんきょく》が、船の底、土台の骨組に似ているでしょう」

どんな人たちが、先年の遷宮の折、この仕事をしたのだろうかと思った。見事なものである。一の鳥居にむかって砂利の敷かれた道を歩く。砂利は、ぬかるみを作らないし、雑草も生えない。智恵である。

火除橋を渡ると手水舎《てみずしゃ》があり、御手洗《みたらし》をMさんに教わる。右手で柄杓《ひしゃく》を持ち、左手を洗い、次に右手。左手に水を受け、口をすすぐ。柄杓をタテにして戻す。こういう作法を生活の中で教わることがない。メモをした。メモをすれば十年忘れることはない。それはたとえば拝礼がそうである。「二拝二拍手一拝」が今は通例になっている。場所によって違うが、そう覚えておけば済むことだ。

手水舎の先に五十鈴川が見えた。船着場のようにそこだけひらけていた。あれは？と訊くと、御手洗ができると言う。私は水辺に寄り、身体をかがめて同じようにした。冷たくて気持ちがよろしい。御厩《みうまや》に馬がいなかったのが少し残念だった。

正宮に着き、頭《こうべ》を垂れた。かすかに木の香りがする。想像していたより大きくなかったことが、二千年の歳月を納得させる。正宮の右隣りに三年前までの二十年間、宮があった古殿地があると言う。荒祭宮《あらまつりのみや》の石の階段を登りながら、若い人や外国人と並んで祈っていると皆同じなのだと不思議な感慨があった。

ずっと耳の底に川のせせらぎと砂利を踏む人の気配、そして山の音のようなものがした。

外宮《げくう》へ行き、正宮、風宮《かぜのみや》、土宮《つちのみや》、多賀宮《たかのみや》に参り、伊佐奈弥宮《いざなみのみや》、伊佐奈岐宮《いざなぎのみや》、月讀宮《つきよみのみや》、月讀荒御魂宮《つきよみあらみたまのみや》を巡った。聞けば百二十五社の神が祀《まつ》られているという。少しタメ息が零《こぼ》れた。

最後にせんぐう館を見物し、館内の椅子に腰を下ろし勾玉池《まがたまいけ》の水面をぼんやりと見ていると、白鷺《しらさぎ》が一羽静かに舞い降りて来た。

ここは広大な森の一角である。妙な話だが森は日本の津々浦々までつながっている。以前、この地が日本を扇にたとえれば要《かなめ》の場所と先輩に教えられた。この森で、宮の中で、一年に千五百の祭事があり、神官たちは祈っていると聞いた。

——何を祈っているのだろうか……。

かつて西行法師はこの地を訪れ、僧ゆえに中には入れず、拝所から木々の間を見つめ、

〝**何事のおはしますかは知らねども　かたじけなさに涙こぼるる**〟と詠んだ。

どんな祈りがされているのかを想い、感涙した法師の感謝の念がわかる気もした。

三重／伊勢、宮城／仙台

Ise, Mie & Sendai, Miyagi

これから一年間、
テレビ、ラジオ、新聞、仕事の本、
そういうものにいっさい目を
触れてはいけない。
刃物研ぎだけをしなさい

――西岡常一

伊勢神宮を訪ねて一ヶ月が過ぎた。

深夜、仕事をしていて、時折、あの森の中で仰ぎ見た木洩れ日《こもび》の差す緑がかった空や、木々の間から見た五十鈴川の川面の光、せせらぎを思い浮かべることがあり、

――あの旅は何であったのだろう……。

そう自分に問うことが何度かあった。

――私は、あの地で何を見たのだろうか。

そんな折、伊勢の旅を案内してくれたカメラマンのMさんと東京のデパートでトークショーをした。

Mさんが監督したドキュメント映画『うみやまあひだ』という作品がそのデパートの劇場で上映され、上映の後でMさんと話をするイベントだった。

その準備のために、一年前に観たその作品を見返した。見返してみると、一年前には気付かなかったものがいくつかあり、このカットにはMさんや脚本家の、こういう意図があったのか、と思ったり、二百年育てた木の下に立つ人が話をしていた午後はあんな空だったのか、と作品の中にある偶然とも、必然だとも思えるものに気付かされた。

Mさんはもう十二年、伊勢神宮へ通っている。

「行く度に新しいものと出逢うんですよ」

Mさんの言葉にうなずきながら、少し羨ましく思った。

と言うのは私たちの日々の暮らしの中で、その日ひとつだけでも新しい、瑞々《みずみず》しいものと出逢うことがあったら、それは素晴らしい一日ではないか、と常々思っていたからだ。そこが伊勢の森、神宮だからそういう出逢いがあるのだろうか、とMさんの言葉を私はとらえていたのだが、その週末、仙台の自宅の庭で、早朝、犬とぼんやりとしていた時、どうもその考えは違う気がして来た。

新しいもの、瑞々しいものは、それがどこか劇的なものに思っていたのは私の先入観で、いつもと同じように時間が過ぎて行く中に、そういうものが常に私たちの周囲にあるのではないか、と思いはじめた。

そうしてあらためて、私は春の終りの朝の空を見つめ直してみた。すぐには気付くことはないけれど、たしかに昨日とは違う何かが目前にある気がした。

「何か昨日とは違うと思わないか」

私は犬に言うでもなくつぶやいた。

犬は私の声に顔を上げたが、すぐにまた庭先に目をやった。彼が何を見ているのかは、私にはわからないが、彼もまた何かに、昨日と違うものを見ているのかもしれない。

Mさんの映画の中で、宮大工の小川三夫さんが登場して、興味深いことをいくつか話していた。

千年生きた木を使って、建物なり、木工品でもこしらえると、それは千年の間、きちんと役割りを果たしてくれるらしい。それが千年もたない時は、その木を使って何かをこしらえた技術が未熟、または技術が悪いのだと言う。法隆寺のさまざまな建物に使用してある木が千数百年前のものでありながら今もまだ人々の前に毅然《きぜん》と建っていることでわかる。そのことは以前、法隆寺を訪ねた時に教えられ、この手で木肌に触れ実感はしていたが、伊勢の森の中にある神殿が二十年に一度建てかえることと無関係ではないように思えた。どう関係があるのかは今はわからないが、木が生き続けるということをもう少し見続ければ、その答えも出る気がする。

庭から仕事場に戻り、仕事の準備をはじめた時、二十数年ずっと仕事をしている目の前の机を裏木曽の付知町《つけちちょう》から納品に来た早川謙之輔さんが、ぼそりと言われた言葉がよみがえった。

「伊集院さん、どうぞこの机で良い仕事をして下さい。この机は三百年は使えますから」

その時は、三百年も生きませんよ、と笑って言ったが、実は早川さんが私におっしゃろうとしたことは、この机が三百年、机らしい生き方をして欲しいということではなかったのかと思った。どうしてすぐに気付かなかったのだろうかと、今はこの世にはいらっしゃらない早川さんにそれを伝えられなかった自分の浅はかさを悔んだ。

仕事場の机は、栗の木である。或る文学賞を受賞した折、先輩、友人、仲間が私に贈ってくれたものだ。

私は足元にいた犬を抱き上げ、机の上に立たせてみた。

「どうだ。あと二百八十年は机の仕事をするらしいぞ」

犬はきょとんとした顔をしていたが、同じ生命としてはなかなかの光景に思えた。

おそらくあと数年しか彼と過ごすことはできないのだろうが、ちゃんと机も犬も今日を生きているのが素晴らしいことだ、と思った。

「そうか、今日はそのことに気付いたというわけか。これも新しいもののひとつだ。君のお蔭だ」

私は犬とキッチンへ行き、家人には内緒でドッグフードをひとつ食べさせた。犬は尾を振り、もっとないかという顔をした。

先述した宮大工の小川氏が映画の中で語った印象的な言葉があった。

それは氏が若い時、西岡常一棟梁《とうりょう》の下に入門した際、一番先に言われた言葉であった。

「これから一年間、テレビ、ラジオ、新聞、仕事の本、そういうものにいっさい目を触れてはいけない。刃物研ぎだけをしなさい」

という言葉だった。

名人と言われた棟梁が若い弟子に言ったその言葉は、道具を自分と一体化させることの大切さだったと氏は語ったが、私には生きて行く時間のとらえ方に聞こえた。

現代人は何もかも知ろうとして、日々の情報に目をむけるが、大切なものはそういうものの中にはないと語っているように思えた。

私が伊勢神宮で見たものは〝真の時間〟であったのかもしれない。

旅だから出逢えた言葉―Ⅲ

そこに行かなくては
見えないものが
あるのでしょうね

――城山三郎

三月十一日の震災の九日後、私はイタリアにむけて旅発《たびだ》つはずだった。

旅の目的は、これまで執筆してきた絵画を巡る旅のイタリア編を書くためである。

私は二十代の後半から三十代の半ばまで旅をし続けてきた。

その訪問地は大半がヨーロッパであった。

五十代になってからは、美術館を巡る旅に出るようになり、雑誌社の人の好意もあり、長く続けることができた。

はじめはスペインから旅をはじめた。

理由は簡単だった。画家のジョアン・ミロが好きだったからである。

スペインの絵画を巡る旅が一段落しようとした頃、私は次はどこに行くべきかと考えた。グレコのことやスペイン美術の影響がイタリア、ルネッサンスから受けていることもわかっていたが、私はバルセロナの終着駅のひとつの名前が〝フランサ駅〟(カタルーニャ語でフランスの意)とあるのを見て、次はフランスへ旅しようと思った。今から十年近く前のことだ。

フランスの旅を終えた頃、私は文芸の担当者との約束を守るべく、小説に専念しなくてはならなくなった。

数年の絵画を巡る旅をまとめて私の上梓《じょうし》した『美の旅人』と題したスペイン編、フランス編は高価な値段にもかかわらず大勢の人が読んで下さった。

その本に書いてあることは要約すると、ひとつのことしかなかった。

美しいものは、その作品の前に立ち、ただ鑑賞すればいい。他には何も必要ない。そこであなたのこころが揺り動かされることがあったら、それが作品のすべてである。

その画家がどれほど偉大で、後世の人々に評価され、作品も高価であろうと、そんなことはあなたの感動とは無関係なのだと……。

スペイン、フランスに絵画を巡る旅をしていて、イタリアはいやが上にも登場してくる国である。

〝ルネッサンスは奇跡である〟というヨーロッパの美術評論家もいるほどである。

ところが私にはイタリアの印象がきわめて悪かった。これという理由があったわけではないが、イタリアを敬遠していた。

それでも私はイタリアに行くべく、準備をはじめた。取材の軸となる画家を探し、ミケランジェロか、ダ・ヴィンチかと迷った挙句私はダ・ヴィンチを選んだ。

イタリアは敬遠していたから、まずはダ・ヴィンチの海外にある作品から鑑賞して行くことにした。

ルーヴル美術館の『モナ・リザ』、ロンドンのナショナルギャラリーにある『岩窟の聖母』他、素描。ポーランド、クラクフにあるチャルトリスキ美術館にある『白貂《はくてん》を抱く貴婦人』……と旅を続けた。いよいよイタリアへ……。

そうして旅の日程が決まった三月の、あの大震災である。

あまりの惨事に、やはりイタリアへは行けないのかもしれない、と思った。

私の仕事場に一枚のちいさな写真が飾ってある。

ヨーロッパのどこにでもある田舎の村の風景写真だ。

その村の名前は、ヴィンチ村という。

レオナルド・ダ・ヴィンチが生まれた村の写真だ。

私がその写真が気に入ったのは何の変哲もない村がルネッサンスの巨匠を生んだ故郷として村人が静かに暮らしていることだった。

——春になれば、この村を散策できるのだ……。

と私は愉《たの》しみにしていた。

それが震災でかなわなくなって、もう二度とそこを訪ねることはできないと思った。

それほどひどい災害だった。

震災から三ヶ月が過ぎた頃、一通の手紙をもらった。

「イタリア編が完成して、それを読むことができたら生まれて初めてイタリアに旅をしようと思います」

手紙の主は七十五歳の女性だった。


私がイタリアに行き、絵画をつぶさに見たからといって、それで一人の女性にイタリア旅行をうながすものが書けるとは思っていない。

それでも私より年長の（失礼！）女性が私の本をきっかけに旅発ちをしようとしていることが嬉《うれ》しかった。

正直、ダ・ヴィンチをこの十年調べ、鑑賞もしてみたが、美術の旅を読者に誘《いざな》う適確なものを書ける自信はない。

そんな私に、作家の城山三郎さんがおっしゃった言葉がよみがえる。

「そこに行かなくては見えないものがあるのでしょうね」

それは作家は頭の中で文章を書くのではなく、足で、身体で、そこに入ればおのずとそこに培われたものがあるということなのだろう。その言葉はそのまま旅をする皆さんにもあてはまる言葉かもしれない。

目を見開いて、自然をよく見てごらん

――ウジェーヌ・ルイ・ブーダン

去年の秋、イタリア、スペイン、イギリスを旅した時に中継地というかパリからそれぞれの国へ出かけた。

それぞれの訪問地での目的が違っていて、イタリアは絵画の取材、スペインはゴルフの撮影というふうだから、当然、必要な荷物がかわってしまう。ゴルフバッグをずっと持ち歩いていたら疲れてしまう。荷物はパリで知己のいるちいさなホテルに預かってもらう。

そのパリ滞在中に、新装になったオランジュリー美術館に出かけた。新しくなってからは二度行っているが、何度鑑賞してもモネの『睡蓮《すいれん》』の連作には感動する。モネの連作は『ルーアン大聖堂』『積み藁《わら》』とあるが、やはり『睡蓮』が一番鑑賞していてわかり易いというか、身体の中にすんなり入って来る。

「イイナ……。まさにモネだよな」

としばし見惚《みと》れる。

私たち日本人にとっても蓮《はす》という画題の花が東洋的だし、ジヴェルニーのモネが晩年過ごした庭園には日本式の太鼓橋もある。これは当時のジャポニスムの影響もあるが、モネの独特のセンスが、この花に魅せられたと言ってもよい気がする。

友人のセザンヌはモネを「モネは眼の人である」と評しているが、さすがに論に秀でた画家の言葉だ。このことはこの連載で三年前に書いたので、今回はモネがどうしてそんなに自然を観察、もしくは深く見つめることができたかを話したい。

モネはパリに生まれたがものごころつく五歳の時に父親の仕事の関係でル・アーヴルに移り住んだ。

ル・アーヴルは英仏海峡を望む港町でセーヌ河河口に発達した大きな街だ。モネ少年は港町で食料品の商いを営む家で自由に育った。往き交う船を見たり、着いた船の荷積み、荷降ろしも見ていただろうが、少年はどこで覚えたか、絵を描くのが好きになり、これが大人たちが見てもなかなかのもので評判になった。絵といっても子供が描く漫画というか挿絵のようなもので、これを見た地元の新聞社が風刺画が描けるかと訊《き》くと、見事に政治家やアラブの人の衣裳を描いてみせた。新聞社はすぐに少年の絵を採用し、掲載した。

少年は得意になり、どんどん風刺画を描いた。両親はそれを見て、この子は絵を描く才能があるのかもと思い、ル・アーヴルに住む一人の画家の所に連れて行く。

ウジェーヌ・ルイ・ブーダン。ノルマンディーの地方画家であるが、彼の作品はオルセー美術館にもある。『トゥルヴィルの海岸』と題された作品で、その構図が特徴的で青空、曇り空などを大胆に描く。『空の画家』とも呼ばれた。

ブーダンはおそらく、少年の描いた風刺画を見て、これは絵ではあるが絵ではない、と親と少年に言ったのかもしれない。

この考えが実は大切なことだ。子供というものは、いっとき偶然のように、絵や、文字や、楽器などを大人顔負けにやってのけることがある。それを親や周囲の者が、この子は天才だ、などと誉《ほ》め上げたりはやしたてると、子供は勿論《もちろん》、思慮がないから、そうだと信じ込み、創作の肝心を見失い、おかしな人生を歩むことがある。昔の人は、それを知っていたから無闇に子供を誉めなかった。

それでもブーダンはモネ少年の中に何かを見たのかもしれない。少年を屋外の写生に連れて行く。

モネも晩年、その時のことを語っているが、ブーダンはこう語ったという。

「よく目を見開いて、空、海、山、咲いている草花を見てごらん。光の加減でそれぞれが違うことに気付くだろう」

――目を見開いて、自然をよく見てごらん。

モネはこの言葉に従うことが、自分が絵画を描く最初の作業だったという。

私たちは生涯を通じて素晴らしい仕事をした人を、絵画なら巨匠と呼んだりするが、その巨匠も、最初から本能や能力があったのではない。

そこには必ず、大切な人との出逢《であ》いがある。これは百人の巨匠の内の九〇パーセント以上の人が出逢いによって新しい創造の標《しる》べを得ているということである。

私たちが今日、〝印象派〟と呼ぶ近代ヨーロッパ絵画の大きな流れは、第一回の展覧会にモネが出展した『印象・日の出』のタイトルに由来している。その作品の舞台はル・アーヴルの海景である。ここはモネを育てた大切な土地であったのだ。

ル・アーヴルでは以前、アンドレ・マルロー美術館を訪れた。実はこの街、第二次世界大戦で焦土となった。その復興のきっかけを一人の建築家がになった。次はそれを学びに行こうと思っている。

京都、岐阜／付知町*、岡山／倉敷

Kyoto, Tsukechi-Cho, Gifu & Kurashiki, Okayama

へたも絵のうち

――熊谷守一

*註：付知町は、岐阜県恵那郡にあった町で、2005年に周辺６町村とともに中津川市へ編入合併し、現在は中津川市の一地区名となっている。

冬の京都に出かけた。

年の瀬と、年明けにあわただしく二度訪れた。

一度目は、今春、上梓する小説の描写の確認と、次作の取材だった。

永観堂で〝みかえり阿弥陀《あみだ》〟を見た。やさしい目をした仏であった。

二度目は京都文化博物館で開催していた〝アイヌの美〟の展覧会に行き、ひさしぶりに一人で京都の街をそぞろ歩いた。

その折、祇園切通しにある料理屋に顔を出した。店の人は皆、元気で、主人のMさんと語らいながら美味《おい》しい酒を飲むことができた。

京都には三十歳代の半ばに三年、この街で暮らした。小説を書きはじめた頃だった。

京都は盆地だから、気候としては夏は蒸し暑いし、冬は底冷えして決して住みよい風土ではない。古都の人びとは、暑うて、さぶうて、かなんな〜、とこぼしながら、上手に暮らしていた。

この街は一度、魅せられると通ってしまうところがある。そうして居付く人も多い。理由はいろいろあろうが、やはり長く日本の都であった土地だから、さまざまなものが根付いてしまっている点にあるようだ。だから奇妙な力を街そのものが持っている。

それはパリでも、ロンドンでも、バルセロナでも同じ印象を受けた。都の中心には必ず美しい河があるのも面白い。

当時、小説を書きはじめていたが、まだ若く、腰も据わっていなかったので（今もこれは同じだが）、古都をあちこち出歩いた。半日ぶらぶらし、夕刻、先に書いた祇園切通しの小料理屋で一杯やることが多かった。

主人のMさんはのんだくれの私を可愛がってくれて、励ましてもらった。語らいの中でずいぶんと学ぶことが多かった。小店の壁に季節に合わせて、絵画、書がさりげなく掛けてあった。それらがたいしたものだったのがわかったのは後のことだ。暮らしはじめて三年目あたりから、京都の街のことがなんとなくわかるように思えてきたが、そこで上京し居を移した。頃合いだったのだろう。人が土地を離れる時はそういうものだ。

年明けの京都は寒かった。

Mさんの店の壁に、熊谷守一の書が掛かっていた。

実にいい書だ。画家の熊谷守一を教わったのも、この店だった。

以来、守一の出身地の岐阜県恵那郡《えなぐん》の付知町を訪ねたり、天童、倉敷の美術館、銀座のギャラリーに出かけたりして、守一の作品にふれた。

作品を見れば見るほど、守一の素晴らしさにこころがときめいた。

晩年のほとんどの油彩作品がちいさな4号サイズ（約24×33センチ）だが、その作品世界は限りなく広く大きい。見る度に緊張するのだが、やがて安堵《あんど》がひろがってくる。

守一は一八八〇年、明治十三年に岐阜県の旧・恵那郡付知町に製糸工場を営む父の七番目の末子として生まれた。父の反対があり、守一が絵画を学びはじめたのは十七歳の頃で、二十歳でようやく東京美術学校の西洋画科選科に入った。同期生にあの青木繁がいた。青木は天才肌で教師に反目したが、守一だけにはこころを許した。二十二歳の時、父が病死し、大きな借金が残る。そこから彼の困窮した生活がはじまる。貧困の中でも守一は絵を描くことを第一義とするが、一時、故郷に帰り、木曽の木材を川で運送する日傭《ひよう》を数年している。その時に使用した手造りの履物や道具を一生大切にアトリエのかたわらに仕舞う。それほど絵画で生きることが大変な時代だったのだろう。

秀子夫人と結婚し、二人の男の子と三人の女の子を授かるが、自伝『へたも絵のうち』に自らが語っているが、苦しい暮らしの中で三人の子供を病気で亡くしている。四歳の次男の肺炎での急死の時は、息子がこの世に残すものが何もないと死顔を描くが、途中で絵を描いている自分に気付き、止めてしまう。私はこの作品『陽の死んだ日』を大原美術館で見た。痛切な作品である。友人、夫人の実家が援助したが、その日の暮らしが大変な時でも守一は売れる絵が描けないと作品を仕上げない。この姿勢が、私のような拙い作家には想像がつかない。信念というものは哀切をともなうものなのか。

初の洋画の個展は昭和十五年。日動画廊だった。守一が六十歳の時だ。少し暮らし向きが良くなったが、戦争中に勤労動員に出て無理をしていた長女の萬が、戦後すぐに亡くなる。この時の哀《かな》しみを描いた『仏前』には、当時、食べさせることができなかった卵が描かれている。守一は裸婦は別として、人物は親しい人以外は描かず、他のすべては風景、生きものである。スケッチに行き、七十六歳で脳卒中の発作を起こすまでは、見たもの、見えたものを描き続けた。

ただ満足がいくもの以外はなかなか作品が表に出ることがなかった。それでも守一の評価は確固たるものになり、一九六四年、昭和三十九年にパリで個展が開催され、絶讃された。この時すでに八十四歳だった。この時分には体調のこともあり、外出することはほとんどなくなり、パリにも夫人と次女が行き、周囲の人からは仙人と呼ばれるようになっていた。文化勲章も他の叙勲もいっさい辞退していた。九十七歳で亡くなるまで絵を描くこと以外に興味のない人だった。

写真で熊谷守一の顔を見れば、その人柄は一目瞭然である。いろんな面白いエピソードがあるが、やはり作品が一番だ。先述したように、守一の作品の前に立つと、いつも緊張する。そうしてやがて安堵につつまれる。理由はわからない。作品に守一のすべてがあるのだろうとしか言いようがない。

守一はこう述べている。

「絵はそう難しく考えないで見たら、それで一番よくわかるんじゃないかと思います。絵は言葉と違いますから……」

その守一が一度だけ自分の人生の軌跡を文章にしている。そのタイトルが『**へたも絵のうち**』である。守一らしい言葉だ。

スペイン／フィゲラス
Figueres, Spain

私はきわめて演劇的な画家だ

——サルバドール・ダリ

スペインを旅すると、ユーラシア大陸の西端、イベリア半島の特異な風土と同じ国の中でさえ人々の気質の違いを肌で感じる。

内陸部に位置する首都、マドリードから飛行機で東へ行き、地中海に面するバルセロナへ移動すると、まず驚くのは光の鮮烈さである。

風土が歴史を培うとも言われるが、カタルーニャと昔から呼ばれたこの地方の繁栄がカステーリャと呼ばれる内陸部とまったく異質であることがよくわかる。

スペイン内戦が、このふたつの土地で生きてきた人々との間の戦いであったことは広く世界に知られているが、実際、ふたつの土地を歩いてみても、その違いは旅人にもはっきりとわかる。

まるで違う国を旅している印象を受ける。

その違いは、例えば絵画においてでさえ明確にあらわれている。

マドリードにはプラド美術館があり、〝ヨーロッパの至宝〟と呼ばれるこのミュージアムの柱となる画家は、ベラスケスであり、ゴヤである。二人とも宮廷画家であった。つまり王のための画家である（ゴヤの晩年は少し違うが）。

年代の違いはあるが、バルセロナを代表する画家は、画家当人が「バルセロナが私の故郷だ」と言ってはばからなかったピカソであり、ミロである。画家ではないが、アントニオ・ガウディもこのカタルーニャの精神そのものを建築に表現した人である。

カタルーニャの精神とは何か？

それは自由と独立心である。この精神を支えたのは王ではなく、カタルーニャの人々であった。その象徴がバルセロナのモンジュイクの丘の頂に立つ〝カタルーニャ美術館〟であろう。

この美術館を建築したのはカタルーニャ市民である。人々はカタルーニャの文化を守ろうと、市民一人一人が寄附をし厖大《ぼうだい》な金を集める。

ここにはロマネスク時代の古い教会壁画が、そのまま残してある。ミロは青春時代にここを訪れ、自分の美の発想の根源をここでたしかめたと、晩年、語っている。

私はカタルーニャの風土と人々の気質が好きで、スペインへの旅の大半をこの地で過ごしたほどだ。気候も快適で、食事も海の幸が豊かで、何より、美術館が充実していた。

バルセロナから地中海沿いを電車でフィゲラスにむかったのは十二年前の夏のこ

とだった。

旅の目的は〝劇場〟を見学に行くためであった。

オペラ鑑賞に？　それとも芝居に？　違う。私は椅子に長時間座ることが苦手で、その手のものには、或《あ》る年からいっさい足をむけていない。

〝劇場〟と書いたが、正確には美術館である。

しかし画家自身がそこを〝劇場〟と呼んで欲しいと主張し、その名前を〝ダリ劇場美術館〟とした。

サルバドール・ダリ。

今も若い人や、前衛的思考を抱く人々に絶大な人気のある画家、芸術家である。

ミロを好きな私にとって、ダリは厄介な画家であった。ミロが晩年、自分は無名のもの（作者が不明なもの、民芸品や日常使う陶芸など）にこそ真の人間の美の本質があると述べているのに対して、晩年のダリは、海から拾った流木のかけらにさえ自分のサインを入れて売ったほどの人だ（伴侶であったガラの要求がそうさせたと言われるが）。

ダリの印象を訊かれると、あのユニークな髭《ひげ》と表情の写真を思い出す人は多いだろう。当時、珍しかった己の芸術を主張するためのパフォーマンスを積極的に行なった人で、潜水服で記者会見し、あやうく窒息死しそうになったほどだ。滑稽にさえ映る行動、ヒトラーやフランコ政権を支持したりする政治的行動で、批判を受けたことが数多くあった。

それでも彼が二十世紀を代表する画家の一人として賞讃を受けるのは、その作品の素晴らしさゆえである。

私は初期の作品『パン籠』『記憶の固執』を好むが、ダリの真骨頂はテーマ性がはっきり出た『ドルの崇拝』『眠り』『レダ・アトミカ』などに代表される。

ダリ劇場美術館は、その名のとおり、外壁にパンのオブジェが無数に飾られ、中に入れば何がはじまるのだろうか、と一般の美術館とは違った期待感を持たせる。入館すると期待どおりにさまざまなオブジェが人々を迎える。『雨降りタクシー』やセックスシンボルと呼ばれたハリウッド女優の唇をかたどったソファー、ダリデザインの宝石、装飾品が絵画とともに展示してある。

フィゲラスはまこと気候の良い、肥沃な大地と豊かな海から幸をなす土地である。

ダリは、一九〇四年、このフィゲラスで公証人の父の長男として誕生している。

裕福な家庭である。気の弱い癇癪《かんしゃく》持ちの子供だった。母、フェリパはダリを溺愛する。

この母が、ダリが十七歳のときに癌《がん》で亡くなる。ダリは母のかわりを美しい妹の十四歳のマリアに求め、周囲の目には奇異に映るほど仲良く過ごす。妹を作品のテーマにし、『窓辺に立つ少女』という作品を描いている。

ダリは女性の中に自分の創造のヒントと力を求めた。ダリの将来を決定づけたのは人妻、ガラとの出逢いだった。

ダリは恋に落ち、それ以降、ガラはダリのすべてとなる。あらゆる制作物はガラのために生まれる。その徹底振りに驚くほどだ。自由奔放なガラの性格と行動に批判的な人もいるが、ガラなしでダリの諸作品は世に出なかったはずだ。

ダリの生涯は自身を演じることであったと評する人もいるが、ダリのさまざまな制作物と行動を見ていると、そうしかできなかった運命のようなものも感じる。

それに私たちは少なからず、意識、無意識にかかわらず自分というものを演じている時があるものだ。

「**私はきわめて演劇的な画家だ**」

ダリ自身がそう語っているのだから、それを否定する必要はなかろう。

絵画は感情で描くものだ

――ジャン・バティスト・シメオン・シャルダン

ああ夏が終るのだ、と感じた経験は誰にでもあるだろう。私も、一、二度そういう思いを抱いたことがある。

一度は少年の時、お盆を過ぎて海へ行き沖まで泳いでいたら、周囲に集まったクラゲに気付きあわてて岩場に揚がった、その時、空の雲が積乱雲でなくウロコの模様になっているのを見て、夏が終った、と声に出した。

今年の夏はともかく猛暑が続いた。九月を過ぎてもまだ夏の盛りだった。そんな日、半日ゴルフコースに行き、珍しく曇り空の下でフウンドしていると、林に入った私のボールを探すキャディーさんが吹いてきた一陣の風で落葉に囲まれる恰好《かっこう》になった。その光景を見て、夏が終るのだ、と思った。

一九九九年の秋だったと思うが、私はフランスのパリに居た。猛暑の夏でフランスでも亡くなった人がいたと聞いた。

私は美術館を巡る旅をしていて、あちこちの美術館に絵画を見て回っていた。一年に世界一周便という航空路線に三、四回乗っていた。百五十日余り海外にいた。体力があったのである。それでも五十歳を超えていたから、時折、体調を崩した。酒による肝臓、持病の心臓の具合とかではなく妙な幻想をベッドに入って見るようになり、睡眠不足になり疲労困憊《こんぱい》した。幻想を見るほど繊細な神経を持ち合わせてはいないのだが、結果旅を一時中断するに至った。

三十歳のはじめにアルコール依存症になり、その折に悩まされた幻想とは違うもので、ベッドで横になり天井の闇を見ていると何百という絵画がフラッシュバックのようにあらわれては消える。初めは愉しんでいたがそのうちどうしようもなく疲れた。それほど絵画鑑賞に没頭してはいなかったのにどうしたのかとほとほと困った。

その厄介が一人の画家の絵画で救われた。

ルーヴル美術館のリシュリュー翼からシュリー翼にフランス絵画は展示してある。年代順にわかり易く作品を並べてあり、プッサン、クロード・ロラン、ヴァトー、ラ・トゥール、フラゴナール……といった巨匠の類いに入る画家を鑑賞して行くと、そこにそれまでの人物、風景とはまったく描く対象が違う作品に私たちは出逢う。

そこには台所の鍋や貯水器、食材の魚の赤えい、調理前のウサギなどがあらわれる。

――何だ、この絵画は？

最初はいささか驚くがよくよく眺めると、家庭用品がこんなに情緒にあふれたものなのかと知らぬ間に目が釘付けになる。

ジャン・バティスト・シメオン・シャルダンである。パリに生まれ生涯をパリで生きた画家である。真面目な性格が作品の隅々まで表出しているような作品だ。イタリアへ留学に行かずに王立アカデミーの重要なポストに就くまでに至ったのだから、よほど力量があったのだろう。近代の画家（たとえば印象派の人たち、マネ、セザンヌ、ドガ）たちがルーヴルで彼の作品の模写をしている。影響力があった画家だ。

私は彼の描く生活必需品も好きだが、とりわけ好きなのは人物画である。特に少年・少女を描いた作品は絵画の前に長く立っていても飽くことがない。

その中でも逸品は『羽根を持つ少女』である。この作品は残念ながらルーヴルにはない。去年の秋、フィレンツェのウフィツィ美術館で好運にも鑑賞できたが、この作品は二点あり、パリの個人蔵である作品が素晴らしい。絵画の個人蔵はその作品が上質であればあるほど私たちの前に姿を見せない。代々大切にしているから作品を表に出すリスクを嫌がる人がいる。

私はこの作品にパリで出逢った。一九九九年の秋、折からシャルダンの大回顧展がグラン・パレで開催されていた。世界中からシャルダンの作品を集め、展示していた。これほどの好運はなかった。私はその作品の前に二日の間、三度訪ね見惚れた。

一人の少女が羽根突きのラケットと羽根を持って何やら物思いに耽《ふけ》っている。その表情が何とも言われず美しいし、少女にしかない甘美、そして妖美さえ伝わってくる。スカートに裁縫に使う針刺しと鋏《はさみ》を吊《つる》している（勤勉を表わす小道具というが、そんなことどうでもよろしい）。

この少女を見た途端、厄介な幻想が失《う》せた。どう考えても少女のお蔭《かげ》に違いない。絵葉書を一枚買って今でも仕事場に置いてある。守護神である。

ところが今秋、思いがけずに東京で少女に再会した。あの秋、同じように大回顧展を鑑賞した日本人の美術学芸員がおり、この画家の作品に感動し、三菱一号館美術館館長とともにシャルダン展を開催した。あの少女をよく招いたものだと私は感激した。

感激、感情は人を動かすのだ。シャルダンの言葉に「絵画は色彩は用いるが、絵

画は感情で描くものだ」というものが残っている。
長期の開催だからぜひ少女に逢ってもらいたい。

ノルウェー／オスロ、フランス／パリ、アメリカ合衆国／ロスアンゼルス

Oslo, Norway, Paris, France & Los Angeles, U.S.A.

まだ見ぬ恋人ね

――パリのホテルの女性支配人

〝まだ見ぬ恋人〟という言葉があるが、この数年、明治の文学者、正岡子規の生涯を辿《たど》る仕事をしていると、この言葉が切ない思いとともに胸に迫って来ることがある。

子規は慶応三年に生まれ、明治三十五年に没している。三十五歳の生涯である。彼の親友の夏目漱石が五十歳近くまで生きているからやはり短い生涯であった。

生前、子規は自分の人生を振り返って、こう語っている。これまでの自分の生涯で嬉しかったことは、一《ひとつ》、四国の松山を出て上京できると決まった時のこと。次は初めて記者として海外（清《しん》国）へ渡航できた時であると……。そうして最後に、この上もし意中の人と出逢うことがあればこんな嬉しいことはない、と。

子規は独身のまま、二十一歳で喀血《かっけつ》がはじまり、病いと闘いながら亡くなった。若くして病いは彼の女性との出逢いを拒むところがあった、といわれるが、それ以前にも女性と交際したり、恋ごころを抱いたと記述してあるものはない。わずかに艶めいた話は二十二歳の夏、東京、向島にある桜餅屋に逗留《とうりゅう》し、そこで出逢った店の娘に淡い恋ごころを抱いたのではと想像されるが、これとて確証があるわけではないし、後年、弟子の河東碧梧桐《かわひがしへきごとう》等がその女性に逢って遠回しにたしかめてみたが相手は子規のことを覚えていなかったほどで、二人に何かはっきりした恋が芽生えたことはないのだろう。

子規は当時、旦那の道楽と呼ばれていた俳句の大系を短い生涯で編纂《へんさん》し、俳句が今日のように文芸、文学のひとつといわれるようになった基礎を作った。高浜虚子、碧梧桐などの弟子を育て、短歌においても伊藤左千夫、長塚節などを世に出すのに力になっている。子規は情熱の人であり、好奇心のかたまりだった。その子規が恋をしたかどうかを数年調べてみたが、これといわれるものはなかった。何事にもすぐに夢中になる少年のようなこころの持ち主だった子規が恋をしていたら作品を含めてどんなに素晴らしかっただろうかと考えずにはいられない。


〝まだ見ぬ恋人〟まではいかないが、私の中に以前からずっと逢ってみたいと思いながらかなわぬ恋人がいる。相手は人でなく一枚の絵画だ。

ノルウェーのオスロにある美術館にさりげなく飾ってあるといわれる作品である。エドヴァルド・ムンクの描いた『叫び』である。少年の頃、教科書で見ていたが、三十六、七歳の頃、色川武大氏と知己を得て、氏の自室で話をした時、映画の話になり、スピルバーグの『レイダース／失われたアーク《聖櫃《せいひつ》》』のラストあたりのシーンで棺《ひつぎ》から亡霊が飛び出し、煙りに似た亡霊が一瞬その顔のようなものを見せる。その表情を色川氏は「あの顔ってムンクの『叫び』に似ているでしょう。私は思うのですが、世界中で人が同じものを見ているんじゃないかって。スピルバーグもそれを見たんだと思うのです。そうしてそれが時代を越えても共通して同じものを見るんでしょう」と語った。

私も、あのシーンを目にした時、同じ感想を抱いたので、なるほどとうなずいた。その折の記憶がずっと残っていたので、十年前にヨーロッパの美術館を辿る旅をはじめた時、時間がある時にノルウェーへ行きムンクの作品群と『叫び』をぜひ鑑賞したいと思っていた。

その頃はパリを起点にして、フランス国内、スペイン、イタリア、イギリスを旅していたので数日スケジュールが空くと日帰りでもいいからオスロへ行き、作品を見てきたいと願っていた。ところがどういうわけかオスロに行くことができなかった。一本の木を見にスペインのゲルニカへ行くことができてもオスロが遠かった。

或る時はずっと同行しているカメラマンに、せめて君だけでも下見を兼ねて行ってみて欲しい、と頼み、帰って来た彼の話を聞いてうらめしく思った。その話をパリでよく宿泊するホテルの女性支配人に話すと「**まだ見ぬ恋人ね**」と笑い、「案外と逢わない方が素敵なのかもしれないですよ」と意味深な笑みを残した。

——なるほど。

と思ったが、やはり逢いたかった。

去年の秋、ロスアンゼルスへ行き、時間があったのでゲティー美術館に行き、〝クリムト展〟を見学した。そこにムンクの『星月夜』があった。オスロ・フィヨルドを思わせる風景の中に星がかがやいている作品で感動した。この半年前、ムンクの数点ある『叫び』の一点がオークションにかけられ史上最高額の九十六億円で落札された話が話題になっており、なぜオークションにかけたのだ、と不思議に思っていたら、翌年がムンク生誕百五十年にあたり、美術館も改装し、大がかりなムンク展を開催する費用にあてると聞いた。ムンクを鑑賞するには絶好の時である。運が良ければ『叫び』以外で、私が見たいと願っている『窓辺の少女』『海辺のダンス』『殺し屋』なども鑑賞できるかもしれない。『叫び』はあの人物が叫んでいる

のではなく、不安な音から耳を塞いでいるらしい。それもこれも本物を鑑賞すれば
すぐにわかる気がする。
今年こそ恋人に逢いに行こうと思っている。

アンパンマンはイエスさまと同じなんだって

――家人

少し前の話になるが、降誕祭の祈りに教会へ出かけた妻が家に帰ってきて興味あることを言った。

「アンパンマンはイエスさまと同じなんだって……」

夕暮れの庭に積もった雪を見ていた私は、一瞬彼女の言葉を聞き間違えたのかと思った。

――アンパンマンがイエス？　何のことだ……。

「今、何と言いました？」

「だからアンパンマンはイエスさまと同じなんだって、今日、教会で牧師さんがおっしゃったの。ほらアンパンマンは自分の身体を食べられたりしながら人を救うでしょう。あの神父さん、あいかわらず面白いお話をして下さるの」

私は何度か逢ったことのある、仙台の教会のそのフランス人の神父の顔を思い出した。

三月十一日の東日本大震災の半年後、私は彼女と教会の様子を見に出かけた。ひどい被害だった。震災直後、在留ヨーロッパ人は帰国したり、関西方面に移り住む人が多かった。その理由は福島の原発事故による放射能被害を心配してのことだった。あとでわかったことだがヨーロッパでの福島原発事故の報道は日本の報道とかたちが大きく違っていた。ヨーロッパ人にとって二十八年前のチェルノブイリの事故が全ヨーロッパを恐怖の底に追いやったことも彼等を動揺させた原因だった。その神父も震災直後いったんフランスに帰国した。妻をふくめた信者は憂《うれ》えたが、彼はすぐに帰ってきた。信者は安堵した。

——勇気のある神父さんで良かった。

と私もその話を聞き感心した。

——アンパンマンはイエスさまと同じか……。なるほどな。

雪の庭を見ながら、今夜、サンタクロースの恰好をしたアンパンマンが我家の犬へのプレゼントを手に庭の椅子に座っている姿を想像した。

翌日、その年最後の仕事で上京した。

仕事が早く終ったので、銀座の打ち合せ場所から少し歩いた。足のむくまま歩き続けると汐留のあたりに来ていた。道路工事をしていた。ぼんやりと工事をする人を見ていた。すると資材の上に座っている白いコートを着た男の姿が目に留まった。そこだけが浮き上がって見えた。光が集まっているような感じだ。

——あの人もしかして、アンパンマン、いやイエスさまかもしれない……。

「まさか」

苦笑した時、工事の人がその男の所に近づいて何事かを言っていた。それはあきらかに工事現場に勝手に入って資材の上で休んでいるその男を叱責していた。男はペコペコと頭を下げてそこから立ち去った。

足が疲れたので喫茶店に入った。何とはなしに、先刻の男のことを考えた。

耳の奥で声がした。妻の声だった。

「神さまはどこにでもいらっしゃいます」

——ということは、あの男がキリストであっても何の不思議もないということか。

お茶を飲みながら店の壁を見ると、そこにちいさな額におさめたルオーの絵画があった。ピエロを描いたものだ。少し切ない表情をしている。情感が伝わる。お茶をもう一杯注文し、テーブルにやって来た店の主人らしき女性に、「いい絵ですね」と言うと彼女は「つい先日、そこで展覧会があって帰りに買ったんです」と言った。

「ああ〝モローとルオー展〟ですね。私もその展覧会に行きました」と言うと彼女は微笑した。

しばらくその絵を眺めていると、額の中のピエロがイエスに思えてきた。そう思った時、一枚のルオーの作品がよみがえってきた。

『古びた町外れにて、または台所』という題名の作品である。一九三七年の作品でルオーが六十六歳の時に描いたもので『聖書の風景』の傑作の一点である。場末の古びた家の台所を描いたもので、鍋には粗末な食べ物が煮えていて薬缶の湯が沸いている。フライパンが壁にぶらさがっている。しかし何と言ってもこの作品が印象的なのはカマドの脇に何やら考え事をしているキリストが座っていることだ。白い衣装でキリストとわかる。

私はこの絵の存在を文芸評論家の小林秀雄の文章で知った。作品は日本にある。吉井画廊の吉井長三氏が購入した。画廊の表に展示してあったこの作品を買ったのは新橋のちいさな料亭の老女将《おかみ》だった。当時でも高価な値段の作品を女将は一目見て、どうしても欲しくなって毎日のごとく店の前で眺めていたという。彼女は苦労して金を工面し、吉井氏を説得し作品を手に入れる。その頃、吉井画廊は、〝ルオーの生誕百年記念展〟を主催しようとして、その冊子の文章を小林秀雄に依頼していたが、小林はその文章がなかなか書けず、ルオーを書くには聖書を改めて読み込んでいかなければならない、と断わってきた。

そこで吉井氏は小林に、その女将のルオーの話をする。その作品が手に入った日、女将はすぐに飾りたいと言うので女将の店に一緒に行くと、店に飾るのではなく二階の自室の神棚の隣りに飾った。それがまことに風情があった。

その話を聞き、小林は吉井氏とその料亭へ行き、二階の部屋の神棚の隣りにある作品を見た。その途端に小林は「わかった。おれはルオーが書ける。ルオーはキリストを描いてないことがわかった。キリストらしき人物はこの絵の中にいるようだが、キリストは描いていない。おれにはそれがわかる」。

評論家は何を言おうとしたのだろうか。

私はアンパンマンの話をした神父と同じ見方をしたのではないかと思う。神を描いてはいないが、神の存在がその絵画には間違いなくある。子供に大人気のキャラクターの中にも神は存在する。

私は喫茶店を出て、木枯しの銀座を歩き出した。歩いているうちに工事現場に座っていた男を思い出し、何とはなしに笑い出してしまった。

旅だから出逢えた言葉—Ⅳ

アメリカ合衆国／ニューヨーク、愛媛／松山

New York, U.S.A. & Matsuyama, Ehime

草茂み
ベースボールの
道白し

――正岡子規

昨秋、ニューヨークのヤンキースタジアムで行なわれたワールドシリーズ、第六戦での松井秀喜選手の活躍は、大勢の日本人を感動させた。

私も彼がメジャーに挑戦してからの七年間応援し続けていて、あれほど興奮し、感銘を受けたプレーは他になかったように思う。

松井選手の活躍を見ていて、野球というスポーツが持つ素晴らしい力を再認識した。逆境に立たされていた選手に、それをくつがえす機会が与えられることはプロスポーツには稀《まれ》なことだ。あのような場面が現実にやってきて、そこで最高のプレーができたことが、私には奇蹟《きせき》に近い出来事のように今も思えてしかたがない。

勿論《もちろん》、昨シーズン中、出場機会がないゲームの前でさえ、松井選手は一人早くにグラウンドに出て走り続けていた。その努力、姿勢が、あの場面で打席に立ち、見事なプレーに結実したのだろうが、努力、忍耐だけで、そのようなことが可能になるほどプロスポーツの世界というのは甘いものではない。

――野球の神様は本当にいるのだな……。

そう考えざるを得なかった。

松井選手がＭＶＰのトロフィーを高々とかかげていた秋、私は一人の文学者について、彼の著作を読み続けていた。

この人が現代に生きていて、松井選手の奇蹟的な活躍を目にしていたら、どんな歌を作っただろうか、とふと考えた。

その人とは、正岡子規である。

この十年、子規についての著書、資料を読み、彼の生まれた四国、松山、若き子規が旅をした鎌倉、奈良へも出かけた。根岸にある子規庵も何度か訪れた。

子規の生涯の軌跡をたどるにつけ、私は彼の魅力に引かれるようになった。

私が子規に興味を抱くようになったのは、一枚の写真からだった。

それは写真館で撮られたフォトで、子規が野球のユニホームを着て、バットを手にたたずんでいるものだ。少し恥ずかしそうにしていて、それでいて真面目な顔でいる若き子規が写っていた。

明治期に野球のユニホームを着て写真におさまるとは、よほどの野球好きだったのだろう。

調べてみると、進学に影響するほど子規は毎日、野球をしに出かけていたようだ。

子規という人物は、ともかく何か自分が魅了されたものがあると、他のものはすべて放って夢中になった。よく言えば情熱的な性格であろうが、子供っぽい、少年のような気性が生涯抜けなかった拙さもある。しかしその性格は私が子規を好きな理由でもある。

今、野球好きが日常使っている「打者」「走者」「直球」「飛球」などという野球用語は彼が作ったものだ。

子規には野球への想《おも》いを詠った短歌、俳句が何作かあるが、私はこの句が好きだ。

〝**草茂みベースボールの道白し**〟

子規が興じていたであろう原っぱに引かれた白いダイヤモンドのラインが目に浮かぶようである。

子規は幼名を升《のぼる》と言った。そののぼるをもじって、彼は雅号に、野のボールで〝野球〟というものを持っている。この野球を命名したのが子規ではという説もあるが、実際には彼が雅号に〝野球〟とつける四年後、第一高等中学の中馬庚《ちゅうまかのえ》が名付けたと言われる。しかし私は野のボールの子規の命名の方にロマンを感じる。そのせいでもないが、我が家の新しい仔犬に私はノボルと名前をつけた。

子規は三十五歳の若さで亡くなっているが、短い生涯の中で、日本の近代文学における短詩型文学の価値、位置付け、方向を示した人である。子規の日本の短歌、俳句の評価、批判には素晴らしいものがある。この人が存在しなければ、今日、日本人に短歌、俳句がこれほど認められ、繁栄したかどうかわからないほどだ。子規の作品もしかりだが、私が彼に関して読むたびに切なくなる一文がある。それは子規のうれしきもの、と称した一文だ。

〝小生、今までにて最もうれしきもの、初めて東京へ出発と定まりし時、初めて従軍（日清戦争）と定まりし時の二度に候《そうろう》。この上なほ望むべき二事あり候。洋行（西洋を訪ねること）と定まりし時、意中の人を得し時〟とある。

子規は二十一歳で喀血《かっけつ》し病床にふしてしまうから、西洋を旅することはかなわなかった。そして〝意中の人を得し時〟とある人生の伴侶と出逢《であ》うことがなかったのである。

少年のようで、情熱的な子規が意中の人と出逢っていたら、どんなに彼の人生はゆたかなものになっただろうか、と想像すると、この人の生涯が切なくもある。

夭折《ようせつ》であったこともあるが、子規をしても人生にかなえられぬことはあり、それが普通の人々にとっては当り前のことであろう。

だから松井選手の、あの出来事が余計に感動的で、奇蹟に近い出来事に思える。同時に明治時代に野球に夢中になった一人の文学者に、あの素晴らしいプレーを見させれば、どんなに興奮し、こころを揺らしたことかと思うのだ。

病床の子規の晩年は、彼の母と妹の律が面倒を見た。この病床の子規の食欲が旺盛であったことが評判なのだが、食した後、痛みに襲われ、子規は大声で、痛い、痛いと叫ぶ。それを母と妹は毎日、看病した。

子規が息を引き取った日、二人は死装束を着させる。女の手で苦労して死装束を着させた時、母は息子の背中をそっと叩《たた》いて、

「もう一度、痛いと言うとみおうせ」

とつぶやく。

東京／東京ドーム
Tokyo Dome, Tokyo

君がそう決めたのなら……

――長嶋茂雄

少し前の話になるが、長嶋茂雄さんと松井秀喜さんが国民栄誉賞を受賞し、そのセレモニーが東京ドームで行なわれた。

この賞の受賞に関して、長嶋さんは遅過ぎたとか松井さんは早過ぎるとかさまざまな意見が私の周囲でも飛び交ったが、二人が東京ドームにあらわれた瞬間、そんな意見は吹っ飛んでしまったのではないかと思う。

二人は監督と選手という立場でめぐり逢い、その後松井さんが日本一のスラッガーへ成長するまで熱い指導とそれに応えようとする関係に他人が入り込む余地がないほど二人は野球というスポーツに打ち込んだ。

やがて日本球界を代表するスラッガーになった松井さんは長嶋さんが監督を勇退したのを機に少年時代から描いていたメジャー挑戦の夢をかなえるべく日本野球と決別する。

私もその時分には松井さんに知己を得ていたので彼を見ていてその雰囲気でメジャー挑戦を実行すると察していた。

その折の彼の苦悩を見ていて可哀相《かわいそう》にさえ思った。一番は日本の野球ファンへの陳謝であった。次が長嶋さんへの対応だった。ただ長嶋さんは薄々松井さんの決断に気付いているようだった。実際、長嶋さんも現役時代にドジャースのオーナーから正力松太郎氏（巨人軍の創設者）に直々にミスターをメジャーに一年か二年貸し出してくれと頼まれていた。正力は即座に答えた。「今、長嶋がいなくなったら日本のプロ野球は終ってしまう」

後年になってその話を聞いた長嶋さんは、一、二年ならやってみたかった、と語った。というのは立教大学の野球部当時から指導者の砂押邦信監督が長嶋さんにメジャーの選手のバッティングフォームの分解写真を見せて指導にあたっていたからだ。

その長嶋さんにメジャー挑戦を松井さんが打ち明けた時、長嶋さんは、君がそう決めたのなら頑張りなさい、とだけ言って反対意見は何ひとつ口にされなかったという。

今思うと長嶋さんだけが松井さんの打者としての可能性を一番知っていたのではないかと思う。その証拠にイチロー以外でメジャーに挑戦した打者はすべて力を発揮できずに帰国している。やはりメジャーという野球の世界は私たちの想像を越えたレベルにあるのだろう。

その中でヤンキースの4番打者としても活躍し、おそらく今後あらわれるかどうかわからないワールドシリーズのMVPという栄誉を手にしたのだから、いかに松井さんが素晴らしい選手であったかがわかる。

メジャー挑戦の記者会見で松井さんは、命懸けで戦ってきます、と日本のファンに宣言した。そこまで言わなくともと思ったが、私がその頃、長嶋さんの様子を聞くと、松井さんは「打ち明けた時も少し淋しそうに見えました」と言っていたから命懸けという言葉は長嶋さんに約束する言葉だったかもしれないと思った。

日本人プレーヤーとしてメジャーで数々の記録を残し活躍をしてきた松井さんは丁度十年後にまた長嶋さんに自分の決断を打ち明けなくてはならない時を迎える。

その夜半、一時を過ぎて、私は松井さんからの電話を受けた。

「どうしたの、こんな時間に？」

「すみません。今から十時間後にニューヨークで記者会見をしますのでお報《しら》せしようと」

「何の？」

私は周囲の人から事情を少し聞いていた。スポーツ紙にも引退報道が出ていた。それでも問い返したのは、私が引退に反対だったからである。その電話では私は反対したが最後に松井さんに訊《き》いた。

「長嶋さんにはいつ話したの？」

「一時間前です」

「どうだった？」

「淋しそうな声でした。**君が決めたのなら**とおっしゃいました」

私は長嶋さんの顔を思い浮かべた。辛《つら》いリハビリ中の唯一の嬉《うれ》しいニュースは松井さんの活躍だと娘の三奈さんから聞いていた。

まだ十分メジャーでプレーできる能力を松井さんが持っていることは長嶋さんが一番わかっているはずだと思った。私は松井さんの引退会見は見なかった。腹が立つのを自分が知っていたからだ。

数日後、私はふたつの記事に感動した。ひとつは長嶋さんの、今だからこう表現しますが、松井選手は私が知っている最高のスラッガーでした、というコメントだった。おそらくこれを一度でも指導の時に言いたかったのだろうが、それは指導者としてはできない。

もうひとつの記事は松井引退をスクープしたスポーツ記者の談話で、松井のトレーニングルームからバットとウェアが消えた、という情報だった。少年時代から一日たりともバットスイングを欠かさなかった男がバットを仕舞った心境が語られ、それがどれほど辛く淋しいかを想像し、記事をスクープしたとあった。

——あっ、と私は声を上げた。

なぜ年長の私がそれを想像できなかったのかと自分の迂闊《うかつ》さを恥じた。

華やかな受賞セレモニーから一ヶ月が過ぎ、私は或《あ》る夜、二人が笑っている写真を見ながらひとつのことに気付いた。

もしかして松井君は今引退すべきだろうと、長嶋さんは考えていたのではないか……。その淋しさを一番先に味わったのは二人ではなかったのか。

華やかな光の奥には必ず哀切を秘めた淋しさがあるのだろう。

十年、長生きできますよ

――城山三郎

ゴルフをする人と、しない人がいる。

それだけのことで、その人の人生、生き方にはさして影響はない。

酒場などでゴルフ好きが集まって、プレーの思い出を語っている場面にでくわすと、そんなに面白いのか、と、しない人は感じるらしい。

趣味嗜好《しこう》の話だから、釣り人の自慢話や苦労話と似ている。

スコットランドの逸話で、すでに好々爺《こうこうや》のゴルフ好きが三人集まり生涯でのゴルフの思い出を夕刻から語り合っていたら夜が明け、それでも終わらず、とうとうランチまで一緒に行く破目になった。一人がなかなか立ち上がらないと思ったら、微笑《ほほえ》みながら息を引き取っていた。

「今日の話は、これからは私がする」

と残った内の一人が言ったとか。

さほどゴルフという遊びは楽しいもので、語られる逸話の多いスポーツだ。

その理由はゴルフというスポーツがコースで半日プレーして（約四時間前後）、実際にプレーヤーがクラブを手にプレーしている時間は五分間にも満たないからだ。

あとの三時間五十数分は何をしているか、コースを歩き、攻略すべきホールを見つめ、ボールと格闘している。

釣り人の太公望《たいこうぼう》の悠然とした姿を掛け軸などで見かけるが、釣り人に言わせると当人は必死で糸を見ているらしい。ゴルフもこれと似ていて、フェアウェーを歩きながら仕事のことをあれこれ考えるプレーヤーはまずいない。

ゴルフのことだけを、半日考えるだけだ。

この点はゴルフの良い点のひとつだ。気分転換にむいたスポーツだ。

大半のゴルファーはボールを上手く打つのに苦労するし、上手くプレーできることはほとんどない。

――そんなに苦労してまでどうしてゴルフをするのか？

この答えは、ひとつしかない。ゴルフをしてごらんなさい。そうすればわかります、だ。

三十年近く前、ゴルフブームで日本各地に新しいゴルフコースが造成された。自然破壊を指摘する人が多かった。正直、それは事実であった。今は規制によりそんな無茶なことはほとんどないが、やはり新設コースは自然形態を壊している。作家の人で、それ故にゴルフは絶対にしないという先輩もいた。間違いではなかろう。

日本に現存する古いコースでは、グリーンキーパーをはじめとしてゴルフコースの自然を守ろうと努力し、その結果、鳥や虫が巣をこしらえているコースもたくさんある。

私は短いサラリーマン生活の中で、ゴルフを覚えた。営業の外回り、会議、残業といった日々を一日忘れて、自然の中で汗を搔《か》けるスポーツを好きになった。以来三十年、ゴルフとつき合ってきたが、若い時はやはり仕事が肝心であるからゴルフから遠のく時期も多かった。

作家を生業《なりわい》とするようになって文壇ゴルフなるものに参加した。四十歳、五十歳は若造と呼ばれる長老の作家の多い会だった。

そこで初めて一緒にプレーしたのが城山三郎さんだった。

ティーグラウンドで私が第一打を打って歩き出すと、城山さんに訊かれた。

「若い時に何かスポーツをしていたの？」

「学生時代に野球を少し……」

「そうだろうね。伊集院さんのようなショットを打つ人は作家にはいないもの」

（その第一打はOBだった）

半日一緒にプレーして感心したのは、城山さんのプレーがはやいことと、いっさい素振りをしないことだった。

「素振りをなさらないんですね」

「僕、せっかちだから」

と言われたが、そうではない。プレーファーストをゴルフの基本として、その上素振りは空振りと間違われるという教えがあるからだ。

十八番ホールにむかう時、城山さんが言われた。

「君はお酒は飲むの？　仕事は夜型？」

「はい、酒は好きですね。原稿も徹夜ですね」

「ならゴルフだけはお続けなさい。**十年、長生きできますよ**。私も最初、箱庭のようなところでボールを打って、自分の母親より歳上の人にゴルフバッグを担がせて何様のつもりだと思ってましたが、これが違っていました。ゴルフは毎回、自分と向き合うことだとわかりました。前夜の酒量も減りますし、色々、気分転換できて、作家にはむいたスポーツです」

別にゴルフが原因ではなかろうが、酒が好きで、夜回りを好む作家はたしかに長生きをしていなかった。

おそらく、あの日、城山さんの言葉を聞かなかったら、この十五年余り、さほどゴルフに出かけなかったのではと思う。

城山さんは夫人が亡くなられた後、ゴルフの回数がめっきり少なくなられたので、時折、プライベートで茅ヶ崎にあるコースをプレーした。ラウンド後、一杯のワインをゆっくりと飲んで相模の海をじっと眺めておられた。

「今は少しラウンドがしんどいですが、やはりゴルフに出逢って良かったと思います。ちっとも上達しなかったけど」

そう言って微笑された。

しかし城山さんは故大平正芳総理からパターを譲ってもらったことがあって、そのパターを使った日にハーフ三十九でラウンドしたこともある。

ゴルフコースのフェアウェーを歩いていると、時々、今はなき人のゴルフ場での姿が浮かぶことがある。その顔が誰も皆楽しそうに笑っている。これもゴルフの素敵なところだ。

スコットランド／プレストウィック、グラスゴー
Prestwick & Glasgow, Scotland

こんなところにバンカーがあるなんて知らなかったよ

――プレストウィックのキャディー、ウィリー

スコットランド、グラスゴー空港のそばのホテルの一室で、今回の原稿を書いている。

大西洋に浮かぶアイラ島に渡ろうとしているのだが、天候が悪くもう二日も足止めになっているのだ。

テレビ番組のゴルフを巡る旅の撮影に来ていて、アイラ島にあるモルトウイスキーの蒸留所を紹介し、島にひとつだけあるマクリー・ゴルフリンクスをラウンドする目的なのだが、天候だけはどうしようもない。

蒸留所もそうだが、それ以上にゴルフコースに行くのを愉《たの》しみにしていた。三年前にアイラ島を訪れた時、スケジュールの都合で一ホールしかプレーできずに泣く泣く引き揚げた。今回こそはと思っていた。

窓の外の雲はまったく動かない。

今日も欠航なら、午後からマッキントッシュの出身校であるグラスゴー美術学校の購買部に行ってスケッチブックとクレヨンでも買おうかと思っている。この街の教会にはサルバドール・ダリの『十字架の聖ヨハネのキリスト』と題された名作もある。

二〇〇二年から二〇〇七年の五年をかけて、世界のゴルフコースを巡る旅に出た。

「羨《うらや》ましい仕事ですね」

ゴルフ好きの友からそう言われるのは仕方ないが、実際の取材は一日に二ラウンドしたりで大変だった。ただゴルフだけの取材では旅の時間がもったいないので美術館やその土地で生まれ育った作家の所縁《ゆかり》の場所を見学した。

以前、紹介したアウシュヴィッツを訪れたのも、この五年の旅の中でのことだった。

旅の時間も、普段と同じように人生の貴重な時間だ。無駄のない過ごし方が必要だ。私は自分の目で見てきたもの、肌で感じたものから貴重なことを学んできた。読書や人の話、講義などで学んだものも多いが、やはり机上で得るものには限界がある。

戦争はそのさいたるものだろう。戦争反対と口で言っても私を含めて日本人の大半の人は戦争が何たるかを知らない。国の軍備をもっと強化しようと口にする人も戦争の真実は知らない。私よりひと世代前の作家には戦場へかり出された人が多い。作家の大岡昇平さんは南方戦線で捕虜になっている。だから終戦記念日が来る度に戦争反対を訴え続けた。戦争は人間を人間でなくさせる。戦場にいた兵士が皆そう語る。戦争をはじめた人間は戦場に決していることはない。過去の戦争への責任は私たちにはないが、これから起きる戦争の責任は間違いなく私たちにある。アウシユヴィッツ、ヒロシマ、ナガサキを訪れることは決して無駄なことではない。夏が来る度、私たちは戦争のことを考え、犠牲になった人々に祈りを捧《ささ》げるべきだ。

その大岡さんが、一時、ゴルフに夢中になった時期があった。一年間で百ラウンド近くしたと記してあるから、これは尋常ではない。さほどゴルフというものは人を虜《とりこ》にさせるものらしい。腕前の良し悪しにかかわらず、万人が愉しめるスポーツである。ゴルフは奥が深いと言う人が多いからそうなのだろうが、私の腕前ではそこまでわからない。

ただゴルフコースの美しさはそれを見た人でないとわからない。今回もすでにセントアンドリュースのオールドコースとカーヌスティ・ゴルフリンクスをラウンドしたが、プレーを終えてクラブのバーから眺めたコースは感動するほど美しかった。海と耕地の間にあるリンクスという不毛の土地に四百年以上前、人が遊ぶ場所を見つけ、ゴルフを誕生させた。それが今日、世界中にひろまっている。

「これまでプレーしたコースで一番はどこですか？」

こう質問されることがある。

「どちらもスコットランドですが、プレストウィックかロイヤルドーノックです」

プレストウィックは全英オープンの第一回から十二回までが開催されたコースで、ロイヤルドーノックは地球の一番北にあるコースの中でトップのゴルフ場だと私は思っている。

プレストウィックを最初にラウンドしたのは四年前の春だった。ここにはリンクスコースの原型があった。一番ホールのティーグラウンドのそばが鉄道の駅になっており、ゴルファーと運転手が話ができるほど近い。昔、ティーショットを曲げてボールが汽車の運転席に飛び込んだという。運転手が「ボールは帰りの便で返してあげるよ」と言ったという逸話があったそうだ。

コースは自然を利用した手造りのコースだ。コース全体の大きさも日本の新設コースの三分の二くらいの広さだ。それでもコースは戦略性に富んでおり、クリークが巧みに入り込んでいる。見上げるほどのバンカーが待ち受けていたりした。

その時、私についてくれたキャディーがウィリーという名前の老キャディーで、いかにもスコッチウイスキーが親友とでも言いそうな男だった。

日本人で知っているのは〝ヒロヒト〟の名前だけで、日本贔屓《びいき》のキャディーだった。訛《なま》りの強い英語で適切な指示をしてくれた。ラッキーとアンラッキーが口癖で、やさしいこころねの性格だとわかる男だった。

十六番ホールの私のティーショットが右へ大きくそれてラフに入った。二人でボールを探したが見つからなかった。すると、ゴース（ハリエニシダ）に隠れるようにしてちいさなバンカーがあり、そこに私のボールがあった。

――こんなところにバンカーがあるのか。

私が驚いているとウィリーが言った。

「旦那、俺もここで四十年近くキャディーをしてますが、**こんなところにバンカーがあるなんて知らなかったよ**」

私はウィンクする相手を見て笑った。

エベレストの頂上は歩いて行ける宇宙です

――三浦雄一郎

数年前の秋の日、一人の先輩とゴルフをラウンドした。

その日は雲ひとつない快晴で歩いているだけで汗ばみ、途中で着ていたセーターを脱がなくてはならないほどだった。

フロントナインをプレーし、五分ばかり茶店で休んでバックナインにむかおうとした。

私は半袖のウェアに着換えたかったがその時間はなかった。冷たい水を二杯飲んだ。その時、茶店にも入らず、その先輩が陽差《ひざ》しの中で体操していた。

——元気だな。暑くはないのかな、あのウェアで……。

その人は下はレインウェアに似たスキーパンツのようなものを穿《は》き、上も同様のヤッケを着ておられた。

「やあ、伊集院さん、調子はどうですか」

アウト・インに分れたスタートの別の組の紳士に声をかけられた。

「いや相変わらず上手く行きません」

「今日はどなたと一緒のラウンドですか」

とその紳士は組合せ表をポケットから取り出し、超人と一緒ですね、とうなずかれた。

「すみません。どうしてあの方はこんな陽気の日でもあんなに着込んでいらっしゃるんですか。風邪でも引かれてるのでしょうか」

私は紳士に訊いた。

「伊集院さん、ご存知ないんですか」

「何をですか」

「あの方のパンツの下には足首に巻きつけたオモリがあって、それを人に見られるのもお洒落《しゃれ》じゃないと、ああしてパンツを上から穿いていらっしゃるんです」

「それはスタンスか、ゴルフのスイングが安定するためですか」

「ハッハハ、面白いジョークですね。まさか本気でそう思ってはいらっしゃいませんよね？」

「えっ、よく訳がわからないのですが」

「本当に？　あれは三浦さんが次の登攀《とうはん》のために身体を鍛えていらっしゃるからです」

私は驚いた。オモリの重さもそうだが、愉しむためのゴルフでそこまで大人がやるのだろうかと思った。

バックナインではそれが気になり、その人の歩き方を注意して見ると、なるほど膝をなるたけ高く上げてフェアウェーを歩いていた。プレーは迅速だし、所作はすべて小気味良くいいゴルファーだった。そんなオモリのことも感じさせない。ホールアウトして一日の礼を言い、私は最後に相手の年齢を訊いた。

「十日前、七十七歳になりました」

私は父のことを想像してみた。私の父も九十一歳まで元気だった。七十七歳の父はどうだったろうか。たしか喜寿と父の入院は重なった記憶があった。

その人の背中がまぶしく見えた。

三浦雄一郎。世界的スキーヤーで登山家、世界の七大陸最高峰の全峰からスキーで滑降を成功させた英雄である。

パーティーの席で三浦さんに言われた。

「伊集院さん、何かあなたの著書でおすすめのものがありましたらご紹介して下さい」

「いや、これというものはありませんが何冊かお送りします」

そうして別れた一年半後、三浦さんとまたそのゴルフ会で再会した。

「伊集院さん『アフリカの王』に勇気づけられました。登攀のキャンプのテントの中で読んで、あのケニア山に独り登って行った象の話。自分も負けられないと思い、元気になりました」

それはアフリカを舞台にした物語で、作品中に高度四〇〇〇メートルを越える場所まで独りで登って行った巨大な象の話があった。

元々はケニア山を初期に登頂した登山家ハルフォード・マッキンダーが高度四三三〇メートルの地点で素晴らしく大きなバッファローの骨を発見した逸話から、私は登頂する巨大象の話を着想していた。マッキンダーは後年、その王のように偉大に思えたバッファローのことを〝ケニアの雪の狭霧《さぎり》の下で〟という美しい詩にしていた。

――なぜ食べる物もない氷の壁のようなルートを一頭の〝王〟が歩き続けたのか。マッキンダーがバッファローを敬愛したように、地球のより高い場所には何かがあり、そこを登ることが自分の使命と信じる生きものが存在することに私も感動し、巨大な象に話をかえて作品の中に入れていた。それでも彼等が何を見つけたくて登ったのかがわからなかった。

三浦さんにそう声をかけられ私は嬉しかった。

——思わぬことだ……。

とアフリカに取材に出かけた日々がよみがえった。

つい先日、三浦さんのご子息のパーティーの案内を頂いたが地方に出かけ参加できなかった。その席で三浦さんは、来年の春、八十歳で三度目のエベレスト再登頂をすると発表されたことを知った。成功すれば最高齢登頂者となる。その席で三浦さんはこう話した。

「**エベレストの頂上は、歩いて行ける宇宙です**」

それを聞いた時、私は思わずつぶやいた。

——そうか宇宙か……。

そうしてバッファローが、巨大象が満天の星を見上げている姿が浮かんだ。

スズランの花言葉は〝幸福が訪れる〟

——フランスの日本食レストラン『衣川』の主人、Kさんいっとき、フランス人は長くイギリスの人間と敵対している歴史があったので、フランス人はゴルフをしないのだ、という説がまことしやかに言われていた。

——ほう頑固者のフランス人はそこまでやるのか。

と思っていた。

と言うのは最初にパリへ行った四十年前、空港からタクシーに乗り、老ドライバーに英語で宿泊先のホテルの名前と住所を告げるとまったく通じない。こちらの英語が聞き取り辛いのかとゆっくり話したが、ドライバーは首を横に振るばかりだった。

——もしかして英語を話さない、聞き取れないのか、

とドライバーに英語は話せるかと訊くと、これがまったく解していない。その時、友人の声が耳の奥で聞こえた。

『フランス人は誇り高いというか頑固だから英語なんか話そうとしないから』

その経験もあったから、フランス人がゴルフをしないのには歴史的背景(英仏百年戦争やそれ以前のノルマンディー地方での領地の奪い合い)があってもおかしくないと思っていた。

かと言ってゴルフコースがないわけではない。三十年前でさえ五百コースはあった。

しかし大半のコースは十二ホール、九ホールと未完に思えるコースだった。

フランスでゴルフをしたのは二十数年前で、その頃ゴルフが少し楽しくなり、運動がてら休日にはコースに出た。パリ近郊にもいくつかコースがあり、プライベートコースではなくパブリックへ出かけた。フランスへ行く度にゴルフバッグを持って行くのも面倒で古いクラブをワンセット購入し、当時、常宿にしていたホテルに置いておくことにした。

支配人のS女史にそれを告げるとゴルフクラブを見て言った（ゴルフの存在を彼女は勿論知ってはいた）。

「へぇ〜、こんなもんでボールを打つの。変なことがイギリス人は好きなのね」

彼女の言葉を聞いて噂《うわさ》は本当なのだと思った。どのくらいゴルフに興味がないかと言うと、半年ホテルに行かず、ひさしぶりに訪ねてゴルフに行こうとした時、パターが見当らなかった。それで彼女にパターのことを訊くとまったくパターというものがわからない。それで絵を描き、手振りで長さを説明すると、ダコーと言ってパターを別の場所から持ってきた。

「どうしたんだ？　誰かパットの練習でもしていたのか？」

と言うと苦笑いをして言った。

「バーの表通り側の入口のシャッターを下ろすのに使ってたので、私、ダメよ、と言ったのよ」

私は呆然《ぼうぜん》とした。

そのクラブセットはS女史が新しいホテルの支配人になり引っ越しの時に紛失した。中古のクラブだったので気にしなくていいと言うと、あっさり、わかったと言われ、この人たちは本当にゴルフを知らないのだとあらためて思った。

一人でのラウンドも淋しいと、その当時、通っていた日本食レストランの『衣川』の主人のKさんがつき合ってくれて二人で楽しい時間を過ごした。Kさんも日本ではゴルフをしなかったが店も二十年経て安定し、一度コースに出てゴルフにはまった。

苦労人で、腰の低い人で料理の腕前もさることながら人柄が良かった。

そのKさんが風邪を引いて入院し、思わぬ症状で亡くなった。三ヶ月後、私はK

さんの供養にといつも二人でラウンドしていたコースを一人でプレーしたのだが、その時、林の間にスズランの花を見つけ、Kさんが言った言葉がよみがえった。

「**スズランの花言葉は〝幸福が訪れる〟**なんですってね。だから五月一日にこちらでは恋人や友人にスズランを贈るんです。いい風習です。私はフランスに来て良かった」

私はその時、そう言えるのは人知れぬ苦労があったからだろうと感じた。やはり、半日切ないゴルフだった。

去年の秋の終り、テレビの取材でフランスのゴルフコースをラウンドした。パリ近郊のル・ゴルフ・ナショナル（二〇一八年ライダーカップ開催）、フォンテーヌブロー・ゴルフ・クラブ、そして南へ行き、テールノランシュ・ゴルフコース、どれもなかなかタフなコースでフランス人が本格的にゴルフをはじめたことを実感した。

最終日は隣国モナコ公国の山頂にあるモンテカルロ・ゴルフクラブだった。二〇一一年に開場百周年を迎えたという名門だった。

そのコースの5番ホールのティーグラウンドからイタリア、モナコ、フランスの三つの国が見渡せた。同行してくれたマネージャーが言った。

「ピンが右寄りだからイタリアにむかって打って下さい」

「そうですか。ナポレオンの気分だね」

私が言うとマネージャーが笑い出した。

もうすぐKさんと話したスズランの日がやってくる。五月のパリはどんな感じだろうか。

東京／世田谷、山口
Setagaya, Tokyo & Yamaguchi

私はおまえが羨ましかった
——羨ましかったのは、
本当は私だ

——友人O

晩秋の夕暮れ、世話になった方の通夜があり、東京・世田谷の奥まった場所にある寺へ出かけた。寺を早々に引き揚げ、この区画の一方通行の多い路地を車で通っていた。

雨が少し落ちはじめた車窓を流れる風景をなんとなしに眺めていると、水滴におぼろになりながら、一本の木が目に留まった。かたちからしてヒマラヤ杉である。

――おやっ、どこかで見た木のかたちだ。

そう思った時、車が赤信号で停車したので私は振りむいて、その木を見返した、塀沿いに聳《そび》える杉の木……。運転手さんにここの場所を訊くと、やはり、そうであった。

「運転手さん。そこらで停車できますか。少しこの辺りを見たいものだから」

バックミラー越しの運転手さんの目が怪訝《けげん》そうに映った。

「いや昔、この辺りに住んでいたことがあってね。懐かしくなったんで……」

「そうなんですか」

私は車を降りて、その杉の木の前に行き、黄昏《たそがれ》の空を見上げた。そうしてその木を回り込むように塀づたいを歩いた。そこにモルタル造りの二階建てのアパートがあるはずだったが、すでに建物は消え、マンションが立っていた。そうだろうな、もう四十数年になるのだから。マンションの脇にちいさな川のような水路の跡が見えた。

「ああ、ここに川が流れていたんだ」

すると一人の若者が両手に芋をぶらさげて笑っている姿が浮かんだ。

Oである。Oは私と同郷で、同じ高校から上京した若者だった。高校時代はさして言葉も交わさなかったが、大学の野球部を退部して同郷の仲間と再会した折、Oがその中にいた。Oの家は田舎町では裕福な家で、いわゆる〝坊ちゃん〟と聞いていたが、話をしてみるとおおらかで、きさくな奴だった。その夜、皆で飲みに行き、酔いつぶれたOを背負って世田谷の松原にあるアパートに送った。

それが今、四十数年後の私が立っている場所で、朗らかに笑っているOの姿は、たしか田舎から芋が段ボール一杯に送られてきて、アパートの前の川で土まみれの芋を洗った折のものであった。

数人の友もいた気がする。おそらく皆で芋を食べようとOが呼んだのだろう。皆若く、何にでも、どんな人にでもなれるに違いないと信じていた時代の光景である。

私は車に戻り常宿のある都心にむかった。雨足が強くなり、冬がそこにまで来ているのが感じられた。

Oが亡くなってから三年が過ぎた。新しい年を迎えて春が来れば四年になる。たしか去年、Oの日誌や、経営者として社員に訓示したものを集めた思い出の小冊子に寄稿をした。良い思い出の冊子だった。

私は二十歳前後の頃、父と確執を持ち、実家から追い出された。仕送りを止められた。その折、アパートに一緒に住めばいいと言ってくれたのがOだった。言葉に甘えて一年余り世話になった。

Oと暮らしてみて、体育会で運動しかやって来なかった私に比べて、Oは社会のことをいろいろ学んでいたことがわかった。同時に彼は物事をいつも前向きに考え、人が好きで、信頼した。そんなOの性格を私は何度も羨ましいと思った。

Oは大学を卒業すると父親の経営する会社に入り、事業家として一目置かれていた父親の下で経営を学び、やがて経営者となり、故郷でさまざまな役職に就き、名士となった。

私は海のものとも山のものともわからない生き方をしていたが、時折、Oは手紙や人づてに連絡をくれて、明るい文章や声で応援してくれた。

十数年後、私が小説家として生計を立てるようになり、文学賞を受賞した時、田舎での祝宴の音頭を取り、仲間を集めてくれたのも彼だった。

その頃、私はサラリーマン時代に覚えたゴルフを再びはじめた。Oはすでにシングルプレーヤーになり、田舎の良いコースのメンバーになっていた。

盆、正月に帰省し、Oとゴルフをすることは私の愉しみのひとつだった。Oはステディーなゴルファーだった。しかも明るいゴルフで笑いが絶えなかった。今でこそなくなったが四十代、五十代の私のゴルフはせっかちでスコアが悪いと不機嫌になることがあった。そんな折、Oのプレーを見て、羨ましいと思った。

Oと最後にラウンドしたのは、医師が彼が冒された病魔に対して余命を告げた翌月だった。

「最後のゴルフをおまえと行くと決めていたんだ。遠慮なしで頼む」

「そう言うな。医学は日進月歩だ。そのうちにまたできるさ」

私たちは瀬戸内海の海が見え、九州、四国が見渡せるコースで楽しんだ。

その日、Oが唐突に言った。

「私はおまえがずっと羨ましかった。好きな生き方をして、良い仕事もできてるしな」

私は四十年にして聞いたOの意外な告白に驚いたが、同時に胸の中でつぶやいた。

――羨ましかったのは、本当は私だ……。

今は、野球部の先輩や後輩と、Oとラウンドしたそのコースに正月の帰省の時は必ず出かける。

海が見えるそのホールに行くと風の中にOの声を聞く。

「私はおまえが羨ましかった……」

――羨ましかったのは、本当は、私だ……。

人生の中にゴルフがあるのは決して悪いものではない。

長友啓典氏に捧ぐ

ようやっとあんたも
ゴルフの真髄が見えたやろう。
今夜も中へ行くで

——長友啓典

今月号は少し切ない話になりそうだが、なるたけ楽しい記憶を辿《たど》って、友人であり、師でもあった一人の方の話を書きます。

今春、三月に、この連載の挿画を描いてくださっていた長友啓典氏が逝去されました。七十七歳の春を迎えた日でした。

七年前の秋に手術をされ、その後は仕事にも、大好きだったゴルフ、美食にも旺盛に親しんでおられました。

去年など、一年で百五十ラウンドをこなし、二日に一度はフェアウェーを歩いているほどのゴルフ好きでした。

長友さんの、いや彼を知る大半の人が、親しみを持って呼んでいた〝トモさん〟という愛称で語りましょう。

トモさんの仕事はグラフィックデザイナーでした。五十五年間、デザインの業界で数多くの、素晴らしい仕事をされました。それ以上にトモさんは、人とのつき合いの良さから、〝皆のトモさん〟、度が過ぎる情愛を抱く人からは〝私のトモさん〟と呼ばれていました。

私とトモさんのつき合いは三十数年で、初対面からの十年近くは、一年の内の三百日余りを一緒に過ごしました。この日数は、単純に申せば、家族といる時間より、二人でいた時間の方が長かった計算になります。

今から思うと、何が、どこが、お互いが気に入って、そんなに長く一緒にいたのか、その理由はよくわかりません。

それでも思い返すと、あの十年ほど楽しかった日々はなかったように思います。

十歳も年上の、中年にさしかかろうとしていた関西弁で口数少なに、何事かを話す人と、まだ蒼《あお》さの抜けない、喧嘩早くて、時に酒場で大トラとなる若者が、毎夕、六本木、青山辺りで食事をし、銀座に入って夜半まで飲み、それからまた赤坂、六本木へとくり出して、ただただ酒を飲み続けていたわけです。

時には、店を出ると、すでにお天道さまは昇り、渋谷辺りの学校へ通う小・中学生と並んで、ふらふらとした足取りで、帰路につく日々もありました。

トモさんと知り合ったのは銀座のどこかの酒場でした。何かの折に席を同じくして、意気投合（年下の私がこう書くのは失礼なのですが）し、毎日が〝二日酔〟の日々を過ごしたのです。

夕刻、どちらからともなく連絡を取り、トモさんがこう言います。

「ほな伊集院君、ぼちぼち行こか……」

美食家であったトモさんが飯屋を選び、腹ごしらえが済むと、

「ほな中《なか》へ行こか」

となりました。

〝中〟とは、銀座のことです。銀座を遊びの主戦場としている男と女にとって、東京の〝中〟とは銀座の街のことを言い、銀座以外の街はすべて〝外〟となるのでした。しかしあからさまに〝外〟とは口にしません。〝中〟とだけ口にし、それ以外の名称はないのです。

なぜ毎晩、あれだけの量の酒と、あれだけの時間を酒場で過ごせたのか、今考えてもよくわかりません。

私が今、作家として暮らしているのは、大半はトモさんの、酒場でのつぶやきのお蔭《かげ》です。

「伊集院君、そんなかたくなにならんかて、むこうの方から、あんたに小説を書きなはれと、〝小説の神さん〟が言うてくるのと違うか。肩に力が入っとったら面白《おもろ》いもんは出てきいへんで」

「伊集院君、こないだ面白いオトコと逢《お》うたんや。吹雪《ふぶ》いとる心斎橋を半ズボンとTシャツで下駄履きの男にいきなり声をかけられてな。朝まで飲んだんや。あれはもしかして〝酒場の神さん〟やなかったかな、と思うて」

「ご馳走《ちそう》してもらったんですか？」

「いや、こっちが皆払うた」

「そら神さんと違って、ただの酔っ払いでしょう」

「そやろか。いや、あれは神さんやったで」

トモさんは人を騙《だま》すことを生涯しなかった――。あれほど酒場に一緒にいても、怒り出すことがなかった。怒らないのは小心者だからではない。若い時は国体へ出場した名ラガーマンであった。三十数年前の東京の酒場は、あちこちでとっ組み合いがあり、目の前を椅子やグラスが飛んで来た。そんな中でも、トモさんは、そんなものを避けつつ、平然と飲んでいた。

私の初めての小説のカバーデザイン、挿画を描いてもらった。その『三年坂』という題の短編集に描いてくださった一人の男が寝そべって空を仰いでいる筆太の挿画は、私の小説の情感を指し示してくれたと今も信じている。

いつの頃からか、私たちはゴルフをともにするようになり、昼は芝生のゴルフクラブ、夜は銀座のクラブと、クラブ活動にいそしんだ。ゴルフは行くが、やはり酒場が主戦場であることには変わりはなく、夏などは、前夜の酒を顔や背中から汗として大量に流し、ボールを追い駆けた。日本全国のゴルフコースをプレーした。年明け後に皆で出かけるハワイ、アメリカ西海岸、ペブルビーチやスパニッシュベイ、パインハースト等の海外でもラウンドした。

いつの頃からか、トモさんはバンカーが苦手になり、独りで砂と格闘していた。それでもあきらめることは一度としてなかった。

ゴルフの後の酒場でつぶやいた。

「君たちのゴルフはまだ青い。ゴルフの真髄はバンカーの中での孤独と絶望を知った時から本物になるんや」

つい先日、トモさんも参加していた〝勉強会〟というゴルフで仲間と献杯の会を決めて、トモさんの好きだった相模カントリーでプレーした。13番のショートホールのバンカーに私のティーショットが入った。そこで信じられないほどの数のバン

カーショットを打つ破目になった。顔見知りのキャディーが、

「トモさんが帰って来たみたい」

私は大きく肩で息をしてグリーンに上がった。皆が私を見て吹き出した。耳の底で声がした。

「**ようやっとあんたもゴルフの真髄が見えたやろう。今夜も中へ行くで**」

ゴルフというスポーツは、時折、フェアウェーを流れる風の中に、いとおしい人たちの声を聞くということが、やっと真実だとわかった。

来月はもう一度だけ、トモさんの酒場の極意を書かせてもらいたい。

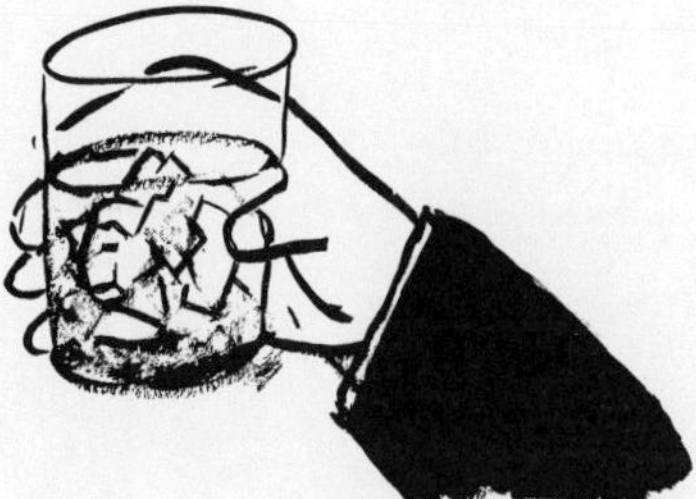

フランス／コルシカ島

Corsica, France

ありがとう、トモさん

私たちは生きている限り、離別を避けて生きることはできない。

そうして離別の直後から、私たちに忍び寄る哀《かな》しみもまた避けることはできない。

十人の人に、十の〝哀しみのかたち〟があるのではなく、一人の人間がかかえる〝哀しみのかたち〟は多様であり、その度合い、迫りくるかたちも千差万別である。

若いうちはただ嘆き、人によっては途方に暮れてしまう。しかし或《あ》る程度、人生の分別がつくような年齢になると、哀しみをかかえる術《すべ》のようなものを持つようになる。それはたとえば祖父母との別れ、両親との別れ、友や知人との別れにもいくつか遭遇し、その経験が、必要以上に哀しむことで生じる動揺をなるたけやわらげようとする、生きる知恵、術を身に付けるからだろう。

だが特別に近しい人を喪失すると、その動揺をいかにコントロールしようとも、哀しみは、まるで魔法のごとく、残された人に忍び寄るものである。

作家の城山三郎さんが夫人を亡くされた折、茅ヶ崎に通夜へ行き、城山さんの姿を見た時、哀しみにあふれた先輩の姿にお掛けする声を失なったのをよく憶《おぼ》えている。城山さんはしばらく仕事を休まれた。そうして何年後かに夫人のことを書かれた本が出版された。

そのタイトルを見た時、〝哀しみのかたち〟をこれほど適確に言いあらわしている言葉はないと思った。

〝そうか、もう君はいないのか〟

この言葉にうなずく人は、世の中に何千、何万人といることを私は確信する。

離別によって残されたものが、ごく自然に離別する以前と同じように行動した折に、突然、相手がすでに不在であることに気付き、或る人は茫然《ぼうぜん》とし、また或る人は哀しみの淵のようなところへ引き戻され、深い吐息を零《こぼ》したりするのである。

早朝、庭に出てバラの開花を見つけ、

「お〜い咲いてるじゃないか」

「あなたバラが……」

と不用意につぶやいた瞬間である。

人間であっても、長年ともに過ごしたペットとの別れでも同じである。

作家の金井美恵子さんの小文であったと思うが、長い歳月、一人と一匹で過ごした猫を失い、或る夜半、飲み物を取りに薄闇の中をキッチンに行き、冷蔵庫を開け、飲み物を取り出し、そこで彼女はゆっくりと慎重に冷蔵庫のドアを閉じる。それは深夜、彼女が冷蔵庫を開けると、必ず足元に愛猫がいたからである。一人と一匹にしかわからないことである。その折の感情も同じなのだろう。

〝そうか、君はもういないのか〟

先月号に続き、この連載のはじまりからずっと挿画を描いて下さった長友啓典氏の話である。

長友さんの愛称〝トモさん〟の名前を、私もつい数日前、胸の中で呼んでしまった。

それは、私の仕事が雑誌なり、単行本になって読者の皆さんの目に触れるようになると、私の手元に届くのだが、或る週刊誌を開けて、掲載ページを目にした時だった。

「あれ？　これは私の文章のページではなかったのか」

と思った。私の文章に必ずあった長友さんの挿画がなかったからである。

――そうか、トモさんはもういないのか。

そうつぶやいた途端、言い知れぬものが襲って来た。迂闊《うかつ》と言えば迂闊だが、私はしばらく沈黙してしまった。

トモさんとの別れ以来、私の下にいくつかの追憶の文章の依頼が来たが、私はすべてを断わった。お世話になった雑誌もあり、申し訳ないと思ったが、トモさんのことを文章で綴《つづ》りはじめると、平静でない自分があらわれると予測したからである。この連載の先月号を何とか書くことができたのは、おそらく離別の、本当の重さを計れなかったからだろう。

数日前酒場で、トモさんへのお悔みを友人から言われ、相手がトモさんと私と出かけた地中海のコルシカ島での思い出話をするのをずっと聞いていた。話題が宿泊したホテルのプールサイドにあった卓球台を見つけて、皆が卓球に興じた話になった。

「そんなことがあったかね?」

私は思わず口走ってしまった。

酒場を出て、一人で歩き出した時、卓球に興じるトモさんの姿が、路地の闇の中にあらわれた。私は立ち止まり、しばしその幻を見ていた。そうして幻が失《う》せると、ゆっくり歩きはじめた。

トモさんは物を大切にする人だった。物という表現では曖昧なら〝道具〟〝グッズ〟を大切にする人だった。

たとえばそれは時計だった。一度、ご自宅で時計のコレクションを見せてもらったことがあった。特別に誂《あつら》えたケースに、十数個の時計が仕舞ってあった。二十五年前のことだから、その後はもっと数も多くなっていたであろう。決して高価なものではなかったが、アンティークの時計を説明された時の、トモさんの少年のごとき瞳のかがやきを今でもよく覚えている。

ゴルフシューズもそうだった。プレーが終了した後、一人丁寧にシューズをコースの隅で拭いていた、少し高いシューズだった。

「ええ職人さんがおったんや」

「いくらしたんですか？　……そりゃずいぶんと高いですね」

「伊集院、〝安物買いの銭失い〟が一番あかんのや。人間がこしらえたもんには、それ相応の値が付くもんや。その人が、それを作れるようになった時間を買うのんが、大人の男の持つ道具やで。あんたがいつも言うてるやないか、銀座の鮨《すし》屋で、オヤジの前に座って鮨が食べられるようになるまで、いったい何年かかったと思うんや。鮨屋は、女、子供が来るとこと違うて。あれと同じや」

――そういうことか……。

私はトモさんに、大人の男の生き方、遊び方を、時間をかけて教わったのだろう。今思うと、大切なことは、どんな時間がそこにあったのかということかもしれない。

もう私が打ったピンポン玉は戻ってくることはないが、丁寧に打ち返してくれるピンポン玉があったから、私にも少しではあるが、生きるフォームができたのだろう。

ありがとう、トモさん。

解説　二〇一三年九月一日二十時四十一分
――三十五までにたくさん経験し、見聞を広げ、体で文章をかけ

加藤シゲアキ

私が伊集院静氏とお会いしたのは二度で、一度は某出版社の会長の古希祝いだった。ご縁があって誘われたそのパーティーはホテルの宴会場を貸し切って行われ、当時二十六歳の私はその豪華さにただただ圧倒されていた。おそるおそる自席に着くと、隣のネームプレートには氏の名前があった。

伊集院氏が来られ、私は自己紹介をした。すると氏は私の年齢を尋ね、それから「三十五歳までに旅をしなさい」と言った。私は「はい！」と元気よく返事をしたが――なぜ三十五歳なのだろう――とひっかかった。しかし終始緊張していた私は、そのことを尋ねることができなかった。

以来ずっと〝旅の年齢制限〟について意識するようになり、なぜ若い時に旅をするべきなのか、その答えを知りたくて私は氏の言いつけを実行した。積極的に旅をし、二〇一六年の元日には単身でキューバに出かけた。その時の出来事を「TRIPPER」という文芸誌に寄稿したことをきっかけに、同誌で「できることならスティードで」という旅のエッセイを連載することになり、そこから〝旅〟と〝言葉〟は、私にとって密接な関係となった。

それらの連載をまとめたものを二〇二〇年に上梓《じょうし》した。そのあとがきには前述した「三十五歳までに旅をしなさい」という伊集院静氏の助言を引用し、「三十五歳という年齢はきっと氏の経験に基づく教訓なのでしょう。（中略）学ぶなら早いうちに越したことはありません」という〝旅の年齢制限〟に関する答えを出した。

本書を読んで、その答えが間違っていなかったことを知る。Ｉの三「それはまるで日本美術のようで一度好きになると決して飽きない」の項には「若い時には目で見たもの、感じたもの……すべての物事を吸収する力があり、まだやわらかい脳と精神が目の前にあるものの本質を見極めようとする」とあり、またＩの七「旅は読書と似ている」には「私が折につけ若い人に旅をすすめるのは人間形成に旅はかなり上質な授業だと信じているからだ」とある。私もその若い人のひとりだったわけだが、三十五歳に近づいた今、氏の言葉にはただただ頷《うなず》くばかりだ。そして氏の助言を正面から受け止めることができたのもまた、私の若さのたまものだったに違いない。

旅の魅力を端的に言い表すのは難しい。けれど、私としては〈生き様との出会い〉だと考えている。私自身は、キューバではヘミングウェイの見た景色を感じ、スペインではダリの遊び心を覗《のぞ》き、スリランカではジェフリー・バワの魂に触れた。

そうして、あらゆる場所であらゆる時を過ごした人々の名残を感じた先に、私は自分を見つめる。果たして今の自分はどうだろうか。彼らのように生きていられているか。

旅をすることは己と向き合うことであり、己と向き合うことは自分の人生と向き合うことだ。旅のエッセイを連載して、その思いはなお強まった。

しかし生き様との出会い＝旅であるならば、なにも物理的に移動することだけが旅ではないかもしれない。

本書の最後は長友啓典氏に捧《ささ》げられており、そこから伊集院氏が長友氏をどれだけ敬愛していたかが伝わる。

「大切なことは、どんな時間がそこにあったのかということかもしれない」

大切な時間と出会うために私たちは旅をする。その時間は離別してもなお、私たちの心に宿る。

ここで拙著を引き合いに出すのは忍びないが、実は「できることならスティードで」の最後の連載も離別についてだった。事務所の社長であるジャニー喜多川氏に関するものだ。

そこで彼とのことは書き切ったつもりだった。しかし本書を読んで思い出した出来事がある。

ジャニーズ事務所に入所したばかりの頃、雑誌の撮影でハワイに行くことになり、その取材にジャニー氏も同行した。仕事の空き時間に、ホテルのプールで仲間たちと遊んでいると、自称ハリウッド俳優だという二人組の白人男性に声をかけられた。英語はわからなかったが、彼らはどうやら「一緒に写真を撮らないか」と言っているようで、――今思えばとても奇妙な誘いだ――当時小学生だった私はなんの疑問も持たずにそれに応えた。その光景を遠くから見ていたジャニー氏は、もの凄《すご》い形相で私に駆け寄り、その白人男性らを追い払ってこう言った。

「ユー、最低だよ。ユーはプロなのに、どうして断らないんだ」

それから彼は「クビだ！」と私に言ったが、実際にそうなることはなかった。

私はなぜ写真を撮ってはダメだったのか、わからなかった。それでも聞き返すことはせず、そういうもんだと自分に言い聞かせた。考えてみれば私はいつも聞き返さずに、人の言葉の意味をひとりで想像している。

長友氏が伊集院氏にかけた言葉に「人間がこしらえたもんには、それ相応の値が付くもんや」とあった。もしかしたらジャニー氏は私を価値のあるものにしたかったのかもしれない。長友氏が大事にした時計やゴルフシューズのように、私もそういったものにしたかったのではないかと、引用箇所を読んで思った。

かように、本書を読んでいると忘れかけていた記憶が次々に思い起こされる。Ⅲの二十「そこに行かなくては見えないものがあるのでしょうね」の文末に目を通したときにもそれはあった。

「作家は頭の中で文章を書くのではなく、足で、身体で、そこに入ればおのずとそこに培われたものがある」

似た言葉を聞いたことがあった。それも伊集院静氏からだ。

私はスマホにメモを取った気がしてスクロールした。二〇一三年九月一日まで遡ると、そこにはこうあった。

——三十五までにたくさん経験し、見聞を広げ、体で文章をかけ

伊集院氏と初めて会ったあのパーティーの後、私はこうメモっていたのだ。

すっかり記憶から抜け落ちていたのは情けない限りだが、言い訳をするならば氏の助言は私の中にずっと残っていたゆえに、メモを見返す必要などなかった。しか

し「体で文章を書け」の部分を失念していた。

それから八年。自著の数が七冊となった今、氏の言葉を身をもって実感する。想像は、体験から発出する。小説に現れる人物や景色は、自分の見聞きしたものから生まれるのである。つまり想像には体験が不可欠なのである。

スマホのメモには続きがあった。

――サボったやつは、すぐにいなくなる。頑張ったときにだけ、手を差し伸べてくるものがいる。

氏の言葉をそのまま書き起こしたわけではないだろうが、彼はこのようなことを私に伝えていた。そして氏は、私が受賞した第四十一回吉川英治文学新人賞の選考委員だった。

二度目の出会いはこの文学賞の受賞会見だった。

氏は八年前と変わらない鋭い眼差《まなざ》しと穏やかな口調でこう言った。「よく頑張りました」。彼に触れられた私の肩は、温かかった。

私はそのときも緊張して、あまりうまく会話ができなかった。そしてまた、聞きたかったことを聞きそびれた。

「三十五歳まで二年もないのですが、コロナ禍で旅にいくこともままなりません。伊集院さんはどうお考えですか」
しかし、よくよく考えてみれば、その答えも本書にあるように思える。本を読めばいいのだ。旅と読書は似ている。

（かとう・しげあき／タレント・作家）

写真　宮本敏明
イラスト　長友啓典
装丁　脇野直人

本書のプロフィール

本書は、ダイナースクラブ会員誌『シグネチャー』に連載中の「旅先でこころに残った言葉」の中から、一部再編集し、加筆、改題し、二〇一七年に単行本『悩むなら、旅に出よ。旅だから出逢えた言葉II』として刊行。同書に解説を加えて、文庫化したものです。

小学館文庫

旅《たび》だから出逢《であ》えた言葉《ことば》Ⅱ

著者　伊集院《いじゅういん》静《しずか》

二〇二一年六月十二日　　初版第一刷発行

発行人　飯田昌宏
発行所　株式会社 小学館
〒一〇一-八〇〇一
東京都千代田区一ツ橋二-三-一
電話　編集〇三-三二三〇-五四三八
販売〇三-五二八一-三五五五
印刷所――――凸版印刷株式会社

ISBN978-4-09-407024-8